YAOYUAN DE XUE

遥远的雪

尹德润——

著

时代出版传媒股份有限公司
安徽文艺出版社

图书在版编目（CIP）数据

遥远的雪/尹德润著. —合肥：安徽文艺出版社，2023.12
ISBN 978-7-5396-7853-5

Ⅰ.①遥… Ⅱ.①尹… Ⅲ.①诗集－中国－当代 Ⅳ.①I227

中国国家版本馆CIP数据核字(2023)第182645号

出 版 人：姚 巍
责任编辑：李 芳　　　　　　　　　　装帧设计：张诚鑫

出版发行：安徽文艺出版社　　www.awpub.com
地　　址：合肥市翡翠路1118号　邮政编码：230071
营 销 部：(0551)63533889
印　　制：安徽联众印刷有限公司　(0551)65661327

开本：880×1230　1/32　印张：7.875　字数：200千字
版次：2023年12月第1版
印次：2023年12月第1次印刷
定价：39.00元

（如发现印装质量问题，影响阅读，请与出版社联系调换）

版权所有，侵权必究

目录

— **自序** — 1

— **辑一：与雪谋面**
— 春天，在帘的后面 — 3
— 你投向我的是根直线 — 5
— 我是一棵树 — 7
— 又见炊烟 — 8
— 雪 — 10
— 错 — 11
— 遥远的雪 — 12
— 与雪谋面 — 14
— 六瓣心事 — 16
— 触摸心情 — 18
— 标点符号与爱情 — 20
— 冬来，渴望被一场雪覆盖 — 21

- 春天的伤口 23
- 蛾神 25
- 你的泪水沿竹溪追我 26
- 桥，在时间空壳内 28

辑二：隔岸观火

- 春天的门敞着 33
- 期待 34
- 玉兰谷回眸 35
- 香魂 37
- 隔岸观火 39
- 等雪 41
- 一朵雪 43
- 火柴 45
- 切碎的柠檬 47
- 仙人球和美人 48
- 抵达 49
- 余温 51
- 流血的日子 52
- 安静的芦苇 54
- 岛孤独模样是水造成的 55
- 秋是一种忘记 57

辑三：夏天很甜

- 春，被锁得太久 　　　　　　　　　　61
- 玫瑰与秋千 　　　　　　　　　　　　62
- 水 　　　　　　　　　　　　　　　　63
- 甜 　　　　　　　　　　　　　　　　65
- 体验水 　　　　　　　　　　　　　　67
- 水里有火，就像我的爱人 　　　　　　69
- 夏天很甜 　　　　　　　　　　　　　70
- 耳语很轻 　　　　　　　　　　　　　71
- 背负情丝 　　　　　　　　　　　　　72
- 穿越雾霾 　　　　　　　　　　　　　73
- 时光薄膜 　　　　　　　　　　　　　74
- 沸水和野甘菊 　　　　　　　　　　　75
- 十问月季 　　　　　　　　　　　　　77
- 秋天 　　　　　　　　　　　　　　　78
- 短信（一） 　　　　　　　　　　　　79
- 短信（二） 　　　　　　　　　　　　80

辑四：水对河床的独白

- 方向 　　　　　　　　　　　　　　　83
- 飞翔 　　　　　　　　　　　　　　　85
- 燃烧 　　　　　　　　　　　　　　　87

- 青春的云　　　　　　　　　　　　89
- 邂逅　　　　　　　　　　　　　　90
- 哥哥，你骑的马儿叫什么　　　　　91
- 水对河床的独白　　　　　　　　　93
- 午夜，酒后兜风　　　　　　　　　94
- 阳台上的夏天　　　　　　　　　　96
- 飞翔的绿　　　　　　　　　　　　98
- 每一个我，出走　　　　　　　　　100
- 迟到的旅程　　　　　　　　　　　102
- 在苏州去趟超市　　　　　　　　　104
- 掉头向西　　　　　　　　　　　　106
- 散步偶拾　　　　　　　　　　　　108
- 家乡　　　　　　　　　　　　　　110

辑五：同鸟歌唱

- 无人知的鸟巢（一）　　　　　　　115
- 无人知的鸟巢（二）　　　　　　　117
- 无人知的鸟巢（三）　　　　　　　119
- 无人知的鸟巢（四）　　　　　　　121
- 无人知的鸟巢（五）　　　　　　　123
- 无人知的鸟巢（六）　　　　　　　125
- 无人知的鸟巢（七）　　　　　　　127

— 无人知的鸟巢（八） 128

— 同鸟歌唱 130

— 待飞的鸟 132

— 落鹰 133

— 秋叶与雁 135

— 归巢（一） 137

— 归巢（二） 139

— 她，半月 140

— 鳏居 141

— **辑六：樱花，今夜失踪**

— 我是我的那颗门牙 145

— 一地鱼鳞 147

— 雨大时 149

— 受伤的夏季（一） 151

— 受伤的夏季（二） 152

— 樱花，今夜失踪 153

— 每一步意味抗争 154

— 爆破 157

— 落叶 159

— 散放的河流 161

— 暴雨 162

- 界碑 163
- 失落的故乡 166
- 栗子成熟 167
- 烙煳的日子 169
- 寻找故乡 170

辑七：空心玻璃

- 离开 173
- 无缝的门 174
- 丢下金子行走 176
- 北一环的门面 177
- 秋凉 179
- 守着 181
- 飞行者 183
- 空心玻璃 189
- 雪中母亲 191
- 落心 193
- 哀堂弟之死 195
- 讣告（一） 197
- 讣告（二） 198
- 玻璃下的照片 199
- 撕去谎言（一） 201

— 撕去谎言（二） 202

— 辑八：梦醒的山野

— 石阶 205
— 永远的"和平号" 206
— 田 208
— 四月 210
— 回家的时候 212
— 守望 213
— 梦醒的山野 215
— 山村新嫁娘 217
— 美丽的洞 218
— 韭菜 220
— 火塘 222
— 平躺的梯子 223
— 冬寂 225
— 一米阳光 226
— 风慢慢 228
— 思想，以春的方式生长 230

— **跋　人生之旅，可用诗独白** 231

自　序

不知是在什么时候我第一次写还不能称之为诗的诗。记得是在1972年我上小学三年级时，老师要求写歌颂农民伯伯劳动场景的精短文字，用于学校出墙报。于是我写了一首四句："雪花满山头，社员汗流流。衣裳长冰碴，拍拍又战斗。"没想到老师采用了，并以题目"拍拍又战斗"出刊当期墙报。后来我又写"诗作"应该是在读初三时。一次，我用叙事诗描写同学学习雷锋的事迹，谁知语文老师非但没有批评，还当作范文在班上朗读了，并给了我95分。再后来就是高中阶段，虽然我很少以诗体作文，但学校广播站经常征稿，轮到我们班时，稿件自然就落到我这个语文课代表的头上。放学之前能听到自己的诗作连续几个傍晚从学校的高音喇叭播出，我内心无比激动，在那个青葱岁月，似乎校园的风也散发诗的气息，迈开青春奋进的步履。

1983年工作之后，经人推荐我参加了金寨笔架山诗社，成为一名社员，以笔名"尹深"每年与诗友结集出版集子。政协安徽省金寨县委员会主编的《笔架山诗词》向全省诗词爱好者征稿，以古诗词为主，有《新诗部分》专栏。我填过词，后基本以新诗体投稿刊发。数年后，此刊停办。至今，我的案头还有一些当年刊发的集子，有时翻看已成美好回忆。1987年，我赴省城读成人中专。两年半的时光，我一直坚持在校写习作和日记。1990年，我准备参加在北京举办的一个笔会，经过省会时被骗，行李包连同两百来首诗稿及几百元现金一同丢失。虽未成行，但笔会组织者仍为我寄来他们笔会时的留影。后由诗人李瑛题字结集出版的《诗之新叶集》至今摆在我的书架上，其中收录了我的几首小诗。

我读诗写诗的爱好源自父亲。父亲喜读古文，唐诗宋词是他的偏爱，他留下来的作品应该有百首左右。父亲秉性耿直，喜舞文弄墨、借古讽今，1958年被错划为"右派"。22年含冤饮恨、积劳成疾，父亲复职4年后病故，那年他才50岁。时年20岁的我，顿感人生无常，家运多舛。1969年，父母举家下放到金寨一个偏远乡村住"牛棚"，整整10年。好在母亲是位小学教师，在附近队里一所小学任教，才让姐弟四人有个活口。但姐姐由此辍学，大妹被亲戚抱养，一家人的艰难，令我由天真活泼变得寡言少语。同学玩耍时，我总是一个人在旁边静静地伴随。上学之余我的爱好就是读唐诗宋词，练习毛笔字。记得父亲给我规划的唯一未来是"将来到区镇文化站工作"，其中隐含父亲对我走文学道路的期待。后来我在金融行业工作，每月36元工资，我几乎每月都花5元以上订阅报刊，不乏诗歌类的读物。通过大量阅读，我的确顿悟出许多道理，"不畏浮云遮望眼"，也不为世态炎凉而浮躁沉沦，而是积极面对挫折和坎坷的人生。

这种坎坷，还来自自身。少年的心强气盛与未实现上大学的目标形成强烈反差，影响着年轻时我整个精神状态。不知是情绪郁结，还是年少体弱，36岁前的我饱受各种疾病折磨，肾、肝、肺、胃等重要脏器均患过病，吃药如同吃饭，是我生活的一部分。工作之余，只要读诗写诗，我就什么病痛都可以放在一边了。这时，我不满足于记流水账式地写日记，而是将日记写得似乎谁也看不懂的那种文体，后来整理一些，我称它们为"美文抑或散文诗"。我在自我简介里经常提及"诗作千首，发表百余"，就是来自我后来的整理，至今仍在整理中。精神的获能可以弥补身体的亏虚，让我不再计较坎坷的命运，并将这种心境以一种超脱的心语描绘出来,以承载本来就变幻无常而又丰富多彩的人生。灰暗的天空那头,一定有个火热的太阳,这个太阳就是灵魂与诗歌结合的胚芽,藏在内心深处,等待时机冒出嫩叶。

我一直矛盾于工作与从事文学创作之间。改革开放之后,我接触了大量现代诗,一些年轻诗人成为我们这代人的偶像,但随之有人奉劝"不要挤在文学的小道上",为此,好多人都放弃了文学的追求。从事银行业与保险业 40 年,我常常为繁重的工作而后悔——或许是忙于工作与生计而耽误了自身文学水平的提升。但我还是庆幸自己坚持了下来,正因为我的文学爱好,我一生大都在笔耕——为单位领导做秘书。从事办公室文字工作,让我更好地发挥专长。我利用业余时间进行诗歌创作,或颂扬单位挥汗劳作者,或颂扬行业经营成果,或描绘他们通过付出换回的喜悦,这也为我自己换来了肯定、赞许和荣誉。在整个职业生涯,我对写作的爱好从未停止,虽然后来诗作写得少了,但仍可再整理出两个集子,或许这是回望美好人生的另一种方式。

尹德润

2023 年 9 月

辑一：与雪谋面

春天,在帘的后面

春天,在帘的后面

在阳光折叠的风的后面

柳叶在记忆中梳理

春的新芽

在帘的后面

你看不透她,春天

她,端坐在帘的后面

目光,太阳般于柳枝间滑落

火在帘后燃烧

你被她击中,一无所知

在帘的后面,你看不透她

春天

整个季节过去

爱疯长成草的浪波

是帘后刮向你的风

在你胸间起伏

听你的呼唤,吻你的心跳

你是春天不朽的雕塑

你看不透她,春天
在帘的后面,哭泣

你投向我的是根直线

霜打羽梭

孤独的秋,拉辆昔日春车

载不动残枝败叶

远远地靠近,是根直线

春风吹醒花季,芊芊立于山溪

唱首新填秋歌,扬起云蕾雾朵

朦胧中走来,是根直线

你总在电话那头

打探直线洞穿时间之果

累累的,咫尺天涯

谁能明白,晴空中的流星

划向皈依无归的旅途

你总守在电话那头

心丝,一根纤绳

直直地诉说一场心灵风暴

海中孤岛,飞翔搁浅

海是落下的雁，拍击岸，无声

我是你梦中的灯盏
使你的双目蒙眬，望着我
你拼命淹没航标
吞噬千年疲惫，只可惜
没有底座
闪折你金质的直线

我分明感受到你电话那头的泪滴
一颗又一颗心滚落
排列成伤心的一字
是我心空数把匕首飞过
恐怕今生只能挂在你长长的
直线那头

我是一棵树

你什么时候走进我的枝杈

在我单薄的思想里

筑巢

你拼命地摇我尚未成熟的心枝

阵阵下落的是我不懂的爱

让你片片伤心

你心的扉页

夹起我不经意的语言

从春天直到你冰洁的冬季

而我还站在那儿一动不动

上面覆盖着你

泪花变成的雪

又见炊烟

烟,轻舒漫卷,依依而来
走近却无
梦,若隐若现,回首
已半生

弹拨山野余韵
唤醒身体一千条河流
涤荡心底万般痛楚
深埋的火种点燃整个山脊
和山脊这边歇脚的少年

青丝缕缕,吻遍桃红梨白
鸟儿躲进树梢,被松鼠看见
破译秋后甜蜜

残留的芬芳,弥漫整个山谷
遮掩心底的泉和千年相思的河
娓娓道来
期待与怀想入梦

疯狂地燃,铺天盖地的炊烟

一阵阵席卷村口哑木

声声叩问,寸寸伤心

哭泣、挥洒、流浪

让整个山野知道,爱了千遍

才燃烧得魂牵梦绕,痛了千回

才撕碎晚霞抛向我木讷的天际

层层堆积,层层燃烧

月光下,荧光闪闪

一把冰清寒彻的箭飞向记忆的窗

一年一道伤口

炊烟袅袅,恍然如梦

若干年后的一个秋天

又见炊烟

曾经萦绕心头的青丝

簪头已落霜雪

雪

雪,这个城市很大
你心上的人已走得很远
雪,这个城市很小
我躲到哪,都能看见你期待的眼神

雪,这个城是为你张的网
撒下它,网住你年轻的梦
雪,这个城是我生命的港
每个弯道的延伸,就为让我很好地躲藏

雪,你是爱情的疯子。在这个城市
你读懂的人太少,包括我
雪,我不忍伤害你的真情
越是这样越逃不出你巨大的吻

雪,你在这个城犯了甜美的错误
把自己的爱当作魔块拼命堆砌
雪,我在这个城成了你的精神俘虏
最终,穿越爱心,穿越年轻且荒凉的城

错

她未发现树后

簇拥的一轮月光竟出于一种礼貌

涌遍周身的幸福

敞开着幽深的黑暗,汩汩血流

疼痛的心直到今日

还紧锁着万千

在人生的中途

伤口是青春的山谷

从记忆的山崖编织成待解的密码

封存心底

爱的阴霾笼罩一切

眼睛就失去了光明

果儿成熟的那夜

不知道是霜风使它甜透

只知道暗香越来越沉

它明白,不能就此蒂落

遥远的雪

你飘落的苍茫

在月光瞳仁里

听你无声的热浪绵延起伏

看不见春的枝权初妆的绿苞

已近冰凌

你一味卷来由薄渐厚的情愫

默默地期待早晨

我第一个出门

留下两行深深的脚印

一次次敲击我封冻的窗

无声

心源的船

在涌来的雪浪尽头搁浅

太阳死了,雪融千年

让自己的泪痛哭自己的尸体

是错误还是错位

生长在月光如雪的夜里

若干年后

雪如月光的晚上

我想起遥远的雪

像束冰冷的箭

直穿我的胸口

那份铺天盖地的孤独

落在我目光深处

永世难消

与雪谋面

　　　　（一）

冬色渐浓

梦里青霭告诉自己

云间有些种子发芽抑或开花

邀一星半点残叶同行

途中每寸光阴感动

与雪有约，心绪徜徉

去看童话里纷纷扬扬的笑脸

踏进山林，与雪相遇

顿时，倾城记忆

铺天盖地席卷我青春的沟壑

染白我幽居许久的目光

是天外捎来一言九鼎的素笺

　　　　（二）

青春的雪，出落得如此风韵

待放的日子万般寂寞

洁白的雪，美丽无猜

不忍挪动半步

恐踏碎一片冰心玉壶

粉墙黛瓦村舍，雪枝探出

几分丰美几分羞涩几分傲然几分婉婷

她一定是被风被冷艳被时光宠坏的佳人

对视的刹那

青春山谷种下生死不渝的约定

雪，低眉俯首

此时，我的心跳加速

蒙眬的视野里，六瓣咏成一首恋歌

一颗心与目光邂逅

深陷成一片冰清玉洁的痛，终生铭怀

（三）

与雪谋面

不觉伤情一地

世事凋零，盟誓泛黄，记忆回旋

在每个到来的冬季

不知此生与雪，是重逢

还是离散

六瓣心事

走过四季
心事凝结成六瓣
冬天来临,藏入云
酝酿已久的独白,漫天飞舞

云鬓,悉心打理,羞赧而躁动
铺天盖地的渴望
席卷尘封的门楣
梦中的她,是否知情

爱,一层层叠加
情,一场场倾诉
从白日到黄昏的堆积,很重
裹足蜗行

整个冬天,我彳亍于雪中
阅读一枝梅传递过来的眼神
不忍挪开半步
怕殃及处子的白

春来了

复苏的情去摇晃枝头千年期待

而落入泥的雪,悄悄消融

从此经受万年寂寞

可以料想

雪,在融化前

一定被太多太多的温暖

伤害

触摸心情

触摸心情

释怀初始密码

抚弄那温顺黄昏

打开和自己身份一样的恋曲

可隐隐听见它内心深处

微微嘶鸣

温暖轮回中

怜惜那份失去,倍加抚慰

总结个性给予

与结局之间的因果

思忖是否义无反顾

不再蜷缩

将一个个青柠

叠加成面前一条街灯

长长的、绿绿的,深入原始林莽

甘愿被尘世丢弃

携自己另一双眼

每穿越一段就有盏绿灯通行

敞开它微甜的心扉

于每节收获中败下阵来

寻找最终成熟希冀

而现在

必须小心牵依

枝头洒下的缕缕月光

标点符号与爱情

逗号，我还没说完
你就将辫子摔向我

句号。我说完时
心里有一个满意的圆
而你说那是小小陷阱

省略号……我们走在一个铺满
石子的路，你在前头
我在后头

感叹号！终有一个碑
在我眼里发光。而你说
你在我眼里
只是那碑下的礅

问号？我茫然了，腰弯成
一种礼貌。看着你是否
真的能支撑我

冬来，渴望被一场雪覆盖

冬来，期待一场雪
期待一次邂逅，一种温暖
漫天雪花与无声表达，不见不散

窗口的你，有些憔悴
是否已等三生三世
期待，我覆盖的柔情

敲窗倾诉，见你抖擞一冬琴音
珠玑落盘
是否和我的思念冻在一起

终于，你舒缓吟唱
我以为被我飘来的柔情覆盖
旋律空灵温婉，两山间来回
仿佛两行融化的步履

你说，用我三分沧桑
就能抚平你七分忧伤

用我一米阳光

就能融化你千年冰凌

为此,你等了半个世纪

你说,从春走来,储备了满树银花

从夏走来,储备了一腔热火

守候严冬

就为等我一场雪覆盖

可今天,温暖窗内的你,封冻琴弦

刺骨窗外的我,炙烤绿意

我铺天盖地卷来漫天情愫

就等你敲碎那扇透明玻璃

春天的伤口

风来,雨也来
花遇见春天的伤口

和春雨叙旧,一语打湿心迹
与春风碰杯,一杯喝下酸楚

是的,风雨是场最易聚散的宴席
营造甜蜜,也营造伤痛

春雨执着,一直下到花疼
春风热情,一直吹得花儿十分寒冷

岸柳空垂,心与心隔着一江春水
爱,一遥望就泪涌

那年风调雨顺
而花却开成春天的伤口

今春栉风沐雨,夕阳踩痛每片花瓣

无意间将心绪踩出道道疤痕

今宵,风与雨贴得很近
花与梦飞得很远。这是春天的伤口

蛾神

蛾匍匐于灯上
烧烫了
她感到很幸福

蛾，一直匍匐于灯上
烧死了
成了蛾神

蛾，升天了
长长的裙
可以遮住太阳

裙
又烧灼了
化作五彩霞光

你的泪水沿竹溪追我

在远山

你拖着长长竹衣

长长的你站在绿云旁边

望着我,一驾马车

你的泪水沿竹溪

追我

在小镇

你提着小小竹篮

小小竹篮里藏有你小小倦容

刚生长的,一朵玫瑰

你的芬芳自那筐底

袭我

在昨天

你梳着粗粗辫子

粗粗辫子扎有你依依爱恋

绕你双肩,一缕青丝

像点燃的火苗映入你瞳仁深处

吻我

在今夕
我擎起二十支蜡烛
二十支蜡烛是沸腾的大海
淹没你搁浅的琴船
二十年,一年一个亮点
搜寻你

桥,在时间空壳内

桥,于时间空壳内

叠放成岁月风景,分外忧伤

心在架起的空间徜徉

支撑的墩,另存一场爱情秘籍

青春白皮书,每次整理

于此发表

一段真实谎言浮于水面

情,沿每个石阶

被时间下载成爱的木乃伊

今日身在何处

是否怀想

于数年前抵达的那次幸福

双双倒影浸泡人间

月下笑容波光粼粼

打开隐藏数年的故事

脚印已经冰冷,寻思

一生的错误。徘徊彼岸

看你甜甜的微笑

今天想来，相伴这九曲廊桥

是对你最大的欺骗

辑二：隔岸观火

春天的门敞着

那是个晴朗的下午
山雀们都飞远了
我到林边来
春天的门敞着

那是个宁静的下午
太阳偏西了
晚霞落下来
发现只有我们俩

那是个萌动的下午
玻璃伞心事透明
我看见你的瞳仁有群小鹿
被大片春光遮着

那是个短暂的下午
不知日影已拉长多久
我们的心正沿晚风走近
春天的门,一直敞着

期待

期待是条长长的雪路
在飞扬的日子里艰难地跋涉
太阳出来的时候
心与雪一起融化

期待是支注满水的钢笔
在流动的章节中写上愉快与忧郁
当读出声的时候
心与声一起远航

期待是行南飞的大雁
在声声经过的天空寻找那个"人"字
当看不见的时候
心与天一起融合

期待是一个午后又一个午后
在钟声叠加的时候感到日子最苦
当眸与眸对峙的刹那
心与心一起永恒

玉兰谷回眸

兰,用一次回眸
完成一种表白
你初吻了春天,初吻了云
太阳一出
心空群星璀璨

我知道你对情感的认真
未成妆
已将心跳描得绯红
走进你,变成你的风景
忒多倾慕贮满我青涩记忆

少年心事太蓝
那个春天的爱恋
最终,被一场粉红的雪覆盖
这一世我历经许多飘零
却未读懂一回飘落的你

后来思忖

假如当初我再前进一米

可否走进你的内心

再后来谁都知晓,千年的等

一层层叠加又一层层消融

香魂

很想在春天眷顾

让我蓝色的心事

藏进你的心湖

又想夏天化阵风

弹拨的音符

一点点打开罗裙里的芙蓉

回想起来

我就是你池畔的一棵哑木

忒多火热日子

我竟然不知

剪断晨曦，采掇燕尾

遮一遮你娇羞的面容

一晃到了新秋

午后余晖落在莲蓬台上

你花容如初

缓缓舒卷衣袖

仿佛天宫归来

解压我尚且年轻的梦

荷,越走近
越不忍见你秋后倦容
你伫立目光深处
左手合着右手
合着我一生寻觅的
香魂

隔岸观火

于心的荒郊点燃对岸
听风与树,残垣背后的水声
伸向天空的手触摸月亮
冰冷的月光潜藏失忆的潮汐

手擎火种,牵引光芒
每次读火,每次读着思念叠加而厚重
焚入心底的船漂泊中来回碰撞
心湖涟漪,疯狂燃烧的情,过早泄密

目光深处的火注定是孤独的
不惧什么,只燃烧唯一
无须什么,只是给予
孤独地给予,热情四溢,四方的天一起燃烧
在黑夜掩饰焚毁,点亮希冀

祈祷是自欺欺人的内心独白,隔岸焚烧千年
千年前的月光,照耀心窗
抑或点燃一场喷发,涌动暗夜

冷对月光，泪以光速穿行

压迫千年掩埋千年的灵魂最终以光的形式飘散

一往情深诠释光，覆盖岸

火冷却，散落的笛音可以助燃

孤独的火去冻伤一棵树，熠熠生辉

火不是热的，捧在胸口珍藏

消融内心深处的躁动等待一场雨或一阵风

这世界有什么比燃过的灰烬更孤独

等雪

灵魂深处那点黑

需一场雪抹去

今冬,怀揣千年的约定

已经冰凌

依然未见她的衣袂

窗外雨,停了

枝头的白,温暖惊喜

熟悉的脚印诠释一年相思

醒来发现

是梦

晨霭朦胧,浮现青涩目光

心跳漫过河堤

柳叶沉香的季节

梅花微醉

只为见证这场铺天盖地的爱情

期待和向往是对孪生兄弟

卸空的船装满盟誓,喷涌内心彩焰

你不能辜负青春致礼

快让心语变成一场

风吻花碎的雪

除夕过后立春

红灯笼数着日子,难掩泪光

午夜钟声回望月光长亭

前世今生,花开花落,承诺荒芜

再等千年

一朵雪

冬太冷,只为等雪
此时,不妨走出自己
到户外,去乡野,让一片雪温暖
尘封的你亮起来需一场风雪交加的黎明

走过青葱,走过蝉鸣,走过落叶纷飞
在冬令至暗时刻沉思,豁然明白
路上那些泥泞
定是春前的季节,没有雪为它装扮

雪,把最好的一面变成花朵
而内心的冷,早已成冰
此时,你需要靠近,需要倾听,需要安抚
需要一次紧拥的快乐而非占有的诺言

仰望一朵雪,不要怠慢,不要眨眼
直到她落入你的心疼
你会感知她的倾诉,她的心跳
她的欢乐,以及她的泪水

如何让一朵雪住进内心

将自己卅年的心结变成一粒雪往往不够

你需躺下，敞开绵延千里的雪原

让她踩成一条路

火柴

山中精灵

干涸着烧的魅力

雷、电、雨及森林布下一星火种

黄皮肤黑头发的雌性

肩负人间某种使命

裸露的灵魂和发光的思想

被方方正正的爱包围

灼热的欲望集装

从口到心就一根扬

半透明的胴体平躺着

静静地等

一个漆黑的夜

枕着的梦就缚于一只巨手

爱乘机从魔窟爬出

堆垒千年的火

在那片薄如纸的膜中崩塌

像闪电,像雷击

在包裹青春的边缘擦亮

爱是个巨大的空洞
需炽烈的火苗填补
火，灵与肉死亡时的宣言
太阳血在时间隧道穿行

一根，一根，又一根
爱火燃烧情空
若干年后，有一群小树从爱巢长出
那定是燃烧一生的灰烬

切碎的柠檬

午夜灯失眠,夜微恙
破碎心情撒落一地
疲惫身心藏在某个角落
酸甜泾渭分明
蜜语三三两两,点缀爱
在目光的岸,新鲜诱人
刻骨没了,铭心却时常侵扰梦

幸福果刈破,流出的甜
回味到东方发白

谁在撕毁一纸承诺
枝头说好的事
到案头就被改写
读完这章,如释重负
如同切碎的柠檬
我终于体味
酸楚潜伏在成长的心头

仙人球和美人

绿

我通行的全部理由

一道道魅惑

一簇簇锋

我层层剥开自己

剥开疯子思想

无限接近

直到痛

手铐和绳索的关怀

从暗处笑我

宁愿被缚

被真诚抽打

走向沙漠

刻骨铭心

哪怕风干成一粒沙子

也为你千年裸露

抵达

从城池出发

把自己寄往一次抵达

每次抬头

希望你的家

就在下一次抬头

脑海誓盟片片闪过

像恢复不小心的删除

三十年

拷贝在一张票中

被今天的旅程解压

汽笛轻抚树梢

时光过滤倩影，鞭击心跳

你深情羞赧的目光

隔着枫叶

遮我一生误读

你铺天盖地卷来，季风

每一缕藏有春的懵懂、夏的火热

　　秋的冷艳、冬的决绝

若干年后才知

你为我，始终怀揣蓝色的湖

真的到了

一条马路刷新岁月

颠覆卅年的内心美好

眺望你的小窗

片刻无语

一座青山，环绕空房

老墙去哪了

一眼霜叶，问半窗树影

是不是儿时共栽的那株

可感知今天，我目光绯红

镜头里的山水

麦浪被别墅掳走

我环顾乡野

遥想梦中新娘

哪怕再找到一丁点残留……

余温

春天顶破青涩
封冻已久的土壤隆起心枝
有桃的地方为山
有泪的地方成溪
这个春天我的爱显得那么渺小
在墙角与那枝桃红共享温暖

春溪闪烁其词
以至于我总是看不清她的双眼
爱的路太远就是登天
我不相信它会成为一堵墙
再严实，也留些许缝隙
谛听我心跳的声音

伫立春天
我知道我已无法出逃
直到看见桃花泪自枝头洒下
才忽然明白
温情，还在那余音袅袅

流血的日子

流血的日子到来

田野一片温柔

此时我是株成熟的麦

等你似水的刀和锋利的吻

将我阉割

血,从我的根部流出

囚禁千年的血

似一路闪亮的歌

洞穿你身体的某个部位

可怜的人啊

在孤寂的云端死去

然后片片飘落

你的心被放牛的孩子牵走

沉重的脚印和踏碎的青草

是根殷红的鞭

狠心抽我

汩汩雄性的伤口

一路啼血

你候鸟一样掠过我的天空

掠过本该栖落的那片树林

淡淡的春风

灼伤少年的眼睛

一个呆痴的人不流泪

流血。天阴时

每每似雨滴落

直到今日

安静的芦苇

夜来

我来到月光深处

安静的芦苇

轻触我的面颊

吻,涤荡心扉

是不是沐浴月光的缘故

芦,在湖畔楚楚动人

与湖岸的我对视

她身披月光

是我眼里千年不变的火焰

我愈走近,她愈远离

我近得可以和她拥抱

而芦苇消失在我目光深处

成我今生

似是而非的梦

岛孤独模样是水造成的

思念蓝色季节

一阵风来自海底

有暖流自远方涌来

淹没视野

她目光如潮

从岛记忆的耳畔直灌心底

我心跳如狂风摇晃的树

一千条倒流的河

被干旱的季,连根拔去

岛孤独模样是水造成的

其实心

是一个永远奏鸣着的海岸

白色鸟,大海额头的一枝玉簪

在一声惊语之后

飘去的是一种发型、一种追念

追念拉长成一根多齿的锯条

在梦幻的爱情岛

将一株多年的树伐倒

若干年后,也许

有另一世界占据那个位置

岛孤独模样是水造成的

其实心

永远是一个奏鸣着的海岸

秋是一种忘记

夏季过去,山野学会忘记

堆积春天的梦忘记春天

飘扬忘记固守

一株树反复诉说同一话题

每片叶忘记爱情,峰峦忘记青春

老媪忘记俏丽

生命美,谦虚得需要掩饰

在山的外面它们流浪

开始,用心切割北风。几滴雨

正好打在秋天的面部

它忘记心中小小荷包

不易追忆,索性

让秋阳翻晒一下

叠起的光阴,从今夜开始

带整个身心,物归原主

你不必在一生的半夜醒来

风是剪下你所爱的刀

留下伤痛。从每个山脊切割

又能找到什么

不如在青春的栖息地

把梦层层叠加

厚厚的沉默,堆积如山

收获的应该收获

忘记的应该忘记

辑三：夏天很甜

春,被锁得太久

春
被锁得太久
打开它
打开里面的梦

吟一泓清泉
咏几枝桃红
让久藏的梦开花
阐述心迹

心迹点点压枝
胭脂红,染眉心
暗香倦藏月问
一朝袅娜谁惜春

不急于伸手
不打扰梅花心事
先好好欣赏
欣赏梅
打开春的勇气

玫瑰与秋千

身藏云海

涌动九百九十九束微澜

出逃的两朵

托起心跳

包裹腼腆

春风每摁一下心门

春雨就拥吻一次眉梢

少女心就这样被俘

玫瑰香

弥漫秋千

随波浪起伏

随游弋致远

双双紧拥

出没于青春懵懂的山谷

不知身后彩霞

已羞红满面

水

天,无法指责乌云翻动的疯狂
闪电的骨血射向生命原始
雷声,女娲躲在爱后嘶鸣
哭声阵痛,泻满那夜的疲惫
坠落、裂变,坠落、融合
成长的过程便是坠落的过程

一个积雪峰顶
收到一小片无须遮掩的晶莹
世界倒立观察一面镜的由来
及滋生的精神
擦亮红尘
擦亮山谷、村庄、城市
身体毒蔓割破左膀右臂
沙漠掩埋伟大君心
我涅槃了
大地一片荒芜

阳光焚烧一粒种子的春天

我从土壤爬出一眼就看见

挂在灿烂的枝头

白云晶亮

我四世同堂的兄弟

架一彩虹抚慰劫后大地

谁在背叛之后如此温柔

礁石潜入思想深处

岛屿浮在意志中央

我成熟

我是海洋

甜

一个人伫立成一道风景

摆个姿势,流年留香

光阴在竹林里发甜

花醒来,梦帘掀开舞台

那些记忆深处的陶醉

需细嚼慢咽

晨曦拉长憧憬

脑海放映青春

泪水转过脸去

欢笑伴着幸福滋长

时光的驹,从朝霞荆棘里奔来

披着道道血鬃

落英小道

一种甜美被另一种甜美俘获

沐浴花香,锁定姹紫

春情徐徐展开,萌动妩媚

芬芳来不及品味

逆袭你，醉得那样深刻

春曲多彩
五线谱像张网
每个音符，网住童话里的小鸟
叽叽喳喳，挂在青春树梢
骑着韵律
从曼妙围栏那边跨过来
摔成青春地平线

青春如一面带孔的墙
在你身后留下空洞
微笑从前面生长
故事在身后流传
一路回忆、祈祷和祝福
用力撑起的痛
和甜美结缘

遥望甘蔗林里的你
早定格成甜甜世界最美的风景
备份青春
没那么复杂
只需悄悄做个手势
或美颜里寻找那双浅浅的酒窝

体验水

体验水

体验润滑的快感

体验踩下的痛

痛处飞溅的光亮

 光亮轻柔的回声

  回声惶恐的记忆

体验水

体验泳的形式

体验包围的核

 核内纯粹的种子

  种子温柔地抽芽

   抽芽七彩眼波

体验水

体验生活的光辉

体验爱的手

 手握的汗

  汗里的吻

　　　　吻里的泪
　　　　　　泪中大海
之盐
　之结晶
　　之生命

水里有火,就像我的爱人

爱人,从水里出来的你
为何在燃烧
半透明的火苗
我仿佛在哪儿见过

爱人,你远远地坐着
像一盏忧伤的灯
谁把光镀满周身
照耀我,照耀闪电后的雷鸣

爱人,你怀揣圣洁的花朵
掩饰滚烫的心
你浪一样袭来
灼伤岸,无边无垠

爱人,你吞下我
吞下今夜燃烧的灰烬

夏天很甜

午夜
后院瓜地是个睡熟的女人
等待一场拥吻

魅惑是激情的催化剂,整个季节
把太阳的温情储进一个蜜罐
在夏夜,酝酿一次甜蜜

月光飞临
成就一千年宿命
心甘情愿打开你的全部

此时,不能立刻亲吻
弄不好会吞下一粒籽
一个新生命就此诞生

她会像妈妈一样
成为棚架下高贵的新娘
品味夏天最甜蜜的香吻

耳语很轻

夏天沙滩刻意被一阳伞遮着
躺椅空出午后
仿佛什么都未发生
这一切被椰树看见
向海鸥抖搂秘密

太阳偏西
未见伞下隐秘
却看见一个浪涌将一对白色鸟
打得面红耳赤

青春心事本来就整天相互呢喃
只是耳语很轻,散落的音符
不小心跌入水面
激起层层故事涟漪

爱,由此日夜荡漾……

背负情丝

一千夜情话，成结

爱一层层包裹

盛几两清辉，盛几许爱恋

今夜，由我独守

你的指纹散出八月桂馨

你的目光吐露玉兔清寒

我在千里之外等你

等你的心跳，发蓝

夜，为什么裸游

因为你的罗帐刚被我的梦呓掀翻

夜，为什么多彩

因为你的红唇印满我痴痴的笑靥

今夜，我在月光旁伫立

背负情丝，背负轻轻释怀

今生，我在你目光里长大

男儿柔情，挂满缕缕期待

穿越雾霾

春天意痴,雾霾情浓
春天把心绪抖搂
挡住她绕过春天的路
雾霾弥漫我的双眼
我的双眼藏有她心头的云

看她时朦胧,想她时透明
以至于她的爱生长那样久
我竟不知它的存在
是不是身陷其中
爱就混沌

今晨我鼓足勇气穿越
谁知,向往和未来追尾
爱情的车不能掉头
下车,查看,检修,再启程
我,连同方向
埋进她一生一世的温暖

时光薄膜

时光朦胧,轻触,隐痛
隔着光阴,看见冬的裙袂春天的风
冬和春隔着一泓山水
桃,迎面一击
一层微笑,一层闪裂
敞开一个轻易品尝的甜

爱被孵化
青涩萌芽结满美丽怨
时光修长
而记忆始终那样年轻
今生,我一直努力穿越时光薄膜
抵达内心温暖

沸水和野甘菊

今晨我以一缕阳光形式
闯进你千年等待
顷刻你被我百度体温
寸寸唤醒
我仔细观察,瘦弱的你
朦胧一秋眼波

一瓣又一瓣
开在我嶙峋涯际
浮于大海浪涌
绽开层层火焰连接秋的光晕
我看到你在铺满
红与紫、黄与橙的原野爬起
饱胀且羞赧

野山菊,你端坐我光芒中心
回到那个春天
被春情与夏火侵犯
在我包围的红尘,复活

缕缕馨芬,通知我

你朵朵娇媚和山野芳龄

十问月季

月季是我心缘水岸的那个月亮
怎么上帝单让你每月破损

是什么因果让你如期张开那小小花蕾
有蝶无蝶你都独自飘零

世上什么生命可以一个月自杀一次
你分裂的歌又有谁能听懂

鲜红的苞蕾每每都裹着些什么
是青春，是爱情，是一次又一次期待
还是此生此世的饮恨

女人啊，当你戛然而止的时候
你是否感到生命的尾巴被谁连根斩断

圣母啊，当你灵魂的泉断流开始
你流淌一生的爱啊不应就此蒂落

秋天

秋天厚重,心路绵长

就在你剪断春雨

折叠夏花的时候

我的心跳沿你走过的季节

生长

秋天五彩,歌谣斑斓

童年的歌是夜晚的灯盏

少年的歌让心事更蓝

我的歌哟

在我热情卷涌的河畔

金黄

秋天深远,记忆葱茏

记忆是青春与痛交织的火种

藏在梦中

记忆中的你,此生

种在我青春的山谷

短信（一）

短信抵达，言语蜷缩于你的手心
但字字依然保持原始的狂草

词，是一种光
重叠着发送，在某株枝头筑巢

穿越时空，捕获心象
让盘根错节的灵魂似一窝鸟仔飞翔

思想被远方的磁俘虏
像佛光普照恒久的方向

蓝天有情。一次次删除的云
滞留心空，甜蜜地微醉

恭候一个字的历史，有时
需要生命加倍补偿

短信（二）

一个小小屏幕的天空
爱情随电波荡漾

词的燕雀随心飞过
打开时，感觉，比天还蓝

一个吻种入那段目光，希望
比吻更重要的事情将临

树上结满羞红的桃子
像短信中每个逗点

夜来，心的广场聚满念头
谁动了贞操的盖，形成五彩喷泉

其实人被认识逻辑紧缚
把自己不当自己，而当作人

短信能否撮合一场爱情
比短信更短的是生命中的真

辑四：水对河床的独白

方向

方向潜伏草丛

拷问心跳

世界此时焦渴无声

觊觎某个冬天那片森林裸露

纵身一跃

你不必害怕

完全可以和它对视

用赴死心态将它狠狠逼到墙角

它无法通行的时候

你就可以转身

方向喜欢尾随

是很恐怖的动物

有时,你必须把自己撕成碎片

用腥膻,用血,乃至用生命

去迎接它东南西北的目光

或束手就擒

甘愿用自己多余的肉

挂在胸前

任由它春夏秋冬

致命一击

你躲不过方向的折磨

就心甘情愿地死在拥有方向的春天

飞翔

梦繁殖的种子

有副小小翅膀

心底的秘密通透

怀揣理想晶亮

身着五彩,思想空明

指尖长出梦幻

银河因你转动

逾越一个个篱栅

种在春天的风里

像含笑的栗

因破碎而美妙

心田一旦栽培希望

瞽者可见光明

紧锁的门洞开

囚鸟返回山林

七彩思想,飞翔

慧眼洞悉的路

铺满鲜花

彩蝶旋转星空

诵读太阳诗行

天的房子、天的门

今天被你叩响

燃烧

一个男人在一个陌生的城市
燃烧
他在沐浴三十年的阳光之后
变成一株尴尬的树

一片森林,一片呻吟的森林
燃不起那片火海和无边的光
松开他以种子的形式飞翔
飞翔时天空流血

和身上的血一样
有千年汉民族血缘的男人
骨髓中种植过太阳和闪电
殷红的血断裂,那刻
有一条龙诞生

一个男人没有誓言地离开
离开曾经梦的尾部
走向不再是梦的开始

他把所有的铮骨和受伤的血中之火
带向那个城市

一个男人在一个陌生的城市
燃烧自己
那个男人是匹好马
那个男人没有回头

青春的云

恋爱中的雪莲伸出阳光的手
孤独的蓝天有你孤独的舞步

是谁将姑娘的发髻盘得如此美丽
转眼,一群天使抛下数把金梳

黑土地上倒栽着夏夜里爱情短命树
泪水来自山妹拧折的湿毛巾

天边的云留下一条思念的河
停泊着驶向彼岸的乌篷船

云的家乡有所温馨的房子
一阵风把相思的梦吹散

如果骑上奔腾中插满菊花的野马
定要偷回云里那张刻有许诺的光盘

午夜的云哟长出长长的耳朵
听青春的故事里那段忧伤的爱之篇

邂逅

记忆的结,晶莹剔透
注定是一场邂逅
时光后门溜出的时光
很甜

这是种缘,折射心跳
从心间生长,在怀中逗留
倾听心底潮汐
凝固绿色梦幻

天在低头,地在牵手
白云缠绕记忆,刻骨铭心
青山,沿那座桥
踏进黎明日出

从春雨偷爬出的藤蔓
只为与阳光邂逅

哥哥,你骑的马儿叫什么

风儿追赶彩云

浪花追赶帆影

青春追赶梦想

友谊追赶爱情

哥哥,你骑的马儿叫什么

双目追赶远山

双足追赶逝水

意志追赶勇敢

心潮追赶呼唤

哥哥,你骑的马儿叫什么

我种在你的山上

长成你的花朵

若不见你打马如飞

不知马上的哥哥

你的马蹄有铁

我的心儿含金

不见哥哥回头望

飞逝的马儿叫什么

你护佑一千只羊崽

你堆垒一万座沙丘

哥哥,我是桀骜的羔羊

我是飞翔的净沙

今夜,打马如飞的歌谣

停在我青春的村口

身轻如燕的话语

落上我美丽的枝头

今夜,蓝天落满彩云

大海落满帆影

哥哥,你骑的马儿就是我

水对河床的独白

我是水
就睡在你的怀里

已过去千年万年
我总是走不出你胸间

我每争取一次
都伤痕累累

我便只能
将自己一再理顺

午夜，酒后兜风

没有回家，没去牌桌
没有将故事引申在
曾经的青春，曾经的异想
乘辆白色面的，午夜
去城郊兜风

这是酒后
管我的人都在梦乡
他们不知有伙酒徒
醉倒在环城路的灯光里

从桥上鸟瞰皋城
像个睁眼的湖，静静的
皋陶墓像盏历史的灯
照耀这久远的酣畅和
甜美梦境
今夜，我们是湖中
飞出水面的鱼

午夜，酒后兜风

心情不小心跌出郊外

闻一下乡村气息

你会醉上加醉

如果不按一声喇叭

谁知今夜，有群疯子

与月光对称

阳台上的夏天

土,离开家园飞临家中
土再次浸透日子里的温暖
回收阳光的驿站,在一个
城市悬崖或街的部首处

阳台的论据潜入四季的字里行间
围绕窗口给词组施肥
准备秋后对一首诗论证:
春天被隔离出来,像捕获的蝶

夏天懂得爱被囚禁的苦闷
打探关于凉爽的消息、水的渴望
于阳台,于生活的海口
展开营救

月季是乖巧的女儿
将我木讷的目光数次更新
米兰播放第一首音乐,在夏天
袅袅音符,被风,梦里梦外粉碎

更有文竹,像生命第五季的灯盏
无声地染绿我笔端的寂寞章节
楼隙荷花放浪,切入阳台主题
透过这扇窗洞悉人与自然的暧昧

飞翔的绿

春天是翅膀上的风
鸽哨呼应群山组成的啦啦队

绿起伏着，它看见太阳的球
被踢进山门

心潮一页页翻开
语言在一年历史的枝头泛绿

影像决定目标与高度
从声音的发芽中可以得知
一些脚步走来

连汗水也能在印痕的尺寸间
浮起一道彩虹

你是否读懂
季节的十字路口，绿的含义

打开生命穿行的速度

镜头一次次跌进冬的悬崖

点燃春光

绿便开始飞翔

火与镜轮回滚涌

飞翔的高度就握在你的手心

春天笑了，比伫立的阳光还要温暖

君不见

在两温度间已没了距离

每一个我,出走

开门七件事
是七只雏鸟。一只只
张着嘴,向我敞开
生命的喉结

我是七匹狼的首领
我首先得救活它们
然后它们带我走出我的西伯利亚
救活我

每一个我,出走
寻找一个极简单的道理:
同过去的故事对照
希望,总希望是故事反面

其实正如气候
生命的高压形成
去填补汗水的低压带
把自己变成生存的风

大雁南飞的过程

是逃离死亡的风景

在每个售票窗口

可以看到他们排成"一"字

抑或"人"字

迟到的旅程

走出陋室

用收获的目光激活踟蹰

翻过墙,跨越经年,漫过心宇

八月语汇金黄,复盘芳菲沁脾

执迷泼墨的千山万水

来到十字街口

沐浴一场突如其来的风

坐在心墙旮旯,以为爱已来临

季节未老

干涸的心渴望一场雨

所有馨芬兀自装满行囊

春光接纳的种子甘愿埋进春光

抖搂满身霜雪与梅争春

一往情深地补偿

发生在即将过往的时节

或许是梦,击中期待

惊飞的不止秋雁

还有那南徙中晶莹的雪

错误的季节目睹错误的花朵心碎

这个城池只留芬芳入泥

一切像未发生，包括失忆的冬

站在街的一隅等候谁来拯救

如若寒冬腊月领略满街桂花开放

每走一步，都觉是

迟到的旅程

在苏州去趟超市

总是误入景区

左肩沾满第五元素

右耳滴落东湖林雨

米饭已经预约

我还流连一筐大闸蟹的前世今生

在苏州去趟超市

跨越千年吴越之地

我的眼里总是涌进一湾湖水

一半来自大山

一半来自心境

从安徽来到苏州

每个水面

映出我这糟老头的原形

一个男人的那点尊严

凭栏处，浸染池鱼

这里春雨

饱含西施桥上桃花泪

哀伤的美,欢乐的忧郁

尽在不言中

却可读出四季诗语

超市连着历史,连着湖

太湖送来一弯新月

阳澄湖呈上一桌美味

金鸡湖楼宇的霓虹

早已漫过北寺塔的第三层

掉头向西

掉头向西
我听见内心的马蹄与嘶鸣
每一声
带着风雨,带着霜雪
带着年齿季痕

如临崖际,掉头向西
回看未冷的征程与硝烟
哪堪逍遥缺阵
景与绘,痛与悔
梦中呓语泄密

人生第五季,掉头向西
扒开晨曦
听听故园山脊那边久违的鸟语
披一身夕阳
看看富庶镀金的大地

或遁入秋怨

独自捡拾更漏

复盘吹散的月晕

抚平心底翻江倒海的潮汐

捧一盏感恩的莲灯

向西面壁

散步偶拾

走出春寒

一条路为我洞开

步履覆辙影子

时光从来和去,前后夹击

沿河,思维被水声溶解

记忆泛出银色浪花

感觉一生像条鱼

诚服于一漩涡又一漩涡

迎面一枝桃红

意识被春的写意唤醒

采一缕香,忘记岁月之痛

每朵花点燃心底歌谣

途见卅年前同窗

逝去时光顿时复活

借问往昔,复盘皱纹里的山水

看同窗离去背影

青春那些喧闹依依不舍地逃亡

水中晃动楼宇
折叠不起眼的椅子
继续上演一茬茬谢幕
欣慰的是椅子上的人一再年轻

散步养神,不妨戴上耳机
首首歌曲说着雪山与草原的情话
偶尔踩一下春之节奏
广场晨曦俯首侧目

散步久了
发现体质积分一点点增加
和春柳一道长出长眉
可见夕阳
消融心底更多残雪

家乡

少小

家乡是姥姥院落里的一阵风

吹着吹着

就把快乐童年

吹走了

长大

家乡是大别山晨曦间那片云

挪着挪着

惊现老家屋后

红色故事里的山岗

游子啊

家乡父老倾力弹出的铁饼

哪怕飞到天涯海角

回掷时,总有片受伤的绿

和深深的痛

老来

家乡是记忆中金黄的油菜地

总撩动这只疲惫的工蜂

千百回

爬不出梦里花香

作者在家乡

辑五：同鸟歌唱

无人知的鸟巢(一)

没人来过。从没人来过,看你
山坳中的夫妇鸟
学着遥远处的烟火,浪漫
一万年相形厮守
山盟亘古的爱情

陆地与天空躲藏着敌人
像无数个枪口
昼夜发出凶猛的绿光
为了爱情及山坳中的种子
日夜站立在巢口预报风雨

一定飞临过人群的天空
人们见过那双不折的翅膀
不知今日登临何处
不知生命里写满的悲伤
和那无人知的世界蕴藏的故事

有群生灵不分种族居住于深山

不肯走入城市如同沙漠中的死亡

你繁荣在人类背面

你存在，山之为山

人类无法知晓

无人知的鸟巢(二)

在白日,在青春门槛
一对恋人居住在一棵松的七楼
借着晨曦,借着风涛
看得见温柔的表情点燃日影

那祝福般的歌声
是山坳中走出的一个个贝多芬
谁在追赶俘虏
追赶死在爪下的情人

没有裸露出什么
两颈相交不像人那样光赤
一切都在美丽的羽毛下滋生
羽毛的美丽胜过人类千古文明

野火的风狂在日间阳光下燃烧
没什么需要遮掩
让山野庆贺它们的婚配
偶尔有枯枝折断或震落几片枫叶

这一切被一个猎人看见

回去

准备给妻子买一件衣裳

无人知的鸟巢（三）

一切似乎停止，包括性

转化为最高境界比人类来得快

独守或相守

那小小的椭圆形的核

原是明日天空的一道风景

不能有风吹草动

或意识中的天敌

愤怒中死亡比生存更重要

在拼搏中死亡比活化石更古老

为孩子诞生而牺牲的生灵

让山高高地耸立成它的墓碑

有四五个张着口的小小山洞

吃掉父母交替一生的忙碌

性，搁置一边成为崇高

让爱在山野

无边无际地飞翔

羽毛长出夏季雨未打湿

翅膀支撑云霞不会折伤

冬天来了,雪下来了

老鸟死在它们准备好的食物旁

无人知的鸟巢（四）

这山峰需要低头朗诵

这天空需要列队编织

这爱需要逃亡

这生命需要丈量距离

无人知的山谷需要跨越

突如其来的寒潮需要梳理

一只鸟静静地坐在天边

思考一年中最后一件事

雪从北方追赶一种风景

满天翅膀被一小片雪花所欺

飞啊飞

风景里的歌声无比凄美

飞啊飞

雪花上的翅膀比雪花圣洁

空空的巢丢在空空的山谷

鸟飞走的山谷中停放着鸟的棺材

空空的山谷中雪羽挣扎一地

鸟不存在，山开始积雪

无人知的鸟巢（五）

苹果熟了

三只雏鸟跳舞歌唱

山坳中的舞台

像本诗集。雄鸟二笔毫书

一生落在它的字里行间

像岩层断裂

像断裂后生出的小草

巢是翅膀编织的故事

是只干瘪的苹果

欲火飞起的那年

山野口干舌燥

像一千个瀑布只在古代流过

流在那本诗里是遥远的梦

走不出山坳并非痛苦

吃上一千个苹果

心干枯成一千个空空的鸟巢

听上一万遍歌谣

梦干枯成一万羽伤心的尾翼

有四副对子

成四对主牌

敲出去

成四双折断的翅膀

无人知的鸟巢（六）

我什么时候化为星星

在寒夜里失眠

听窗外松涛有似水流

有似少年时代幻想飞翔

我那远去的思念

潺潺

怎样想，怎样做

一种过程折磨一生的乞求

还是一生的乞求折磨一种过程

我失眠，我的欲望如风

我的希望成梦

巢穴结冰

我被冻在时间的桥上

不让心灵通过

粉身碎骨

一团麻在吼

桥那头谁跑得最快
我冬季的小鸟用飞
用张大嘴歌唱自己
谁能听懂
一颗心在歌声里滴血

无人知的鸟巢（七）

谁说我没有散放的理由

时空向我走来是横七竖八的蛛网

翅膀是灾难的唯一

整天系在蓝天伸来的手上

乞讨背影里留下的雄姿

一生在追求的远程中远离自己

用自己不存在的羽毛编织网

囚禁自己

飞出成一种后悔

回来再囚禁自己

山野的真实比梦境完美

聪明鸟不会随便离开鸟巢

不会走出山野

空空的鸟巢在提醒鸟

一生的失误

无人知的鸟巢（八）

鸟一生都在反馈它飞翔的信息

一群鸟在夜的笼中听大海波涛

每次撞击

每次在岩石上打出火光

每次掀开皮肉做成前进的旗

每次用骨骸高高举起

大海咆哮如初，群鸟欢唱不已

一杯酒翻江倒海

一行泪入地顶天

风中那群候鸟

一生被风划出道道伤痕

谁规定鸟儿

不能像大海一样痛哭

鸟儿向天空举起双翅

做太阳的一名俘虏

举起双手，举起燃烧的火苗

自天空坠落

鸟感到幸福不已

谁在枝头打着手势
谁准备撞击天空彼岸
谁在云中留下最后一道闪光
这绿色大海
每时都在吞噬飞翔的梦

同鸟歌唱

　　　　（一）
太阳把太阳晒熟的季节
我们同鸟歌唱，鸟声绯红

冰雪把冰雪覆盖的季节
我们同鸟歌唱，鸟声如诉

听不见鸟歌唱
鸟声没走，我们走了

我们不唱，鸟也不唱
鸟又回到遥远的地方

其实鸟还在唱
孤寂的歌声在我们复苏的
心灵里飞翔

（二）

我们又唱。只能用她

熟悉的歌声寻找……

同鸟歌唱

我们的歌声是尽力的比喻

同鸟歌唱

歌声如风,风也歌唱

同鸟歌唱

我们是鸟,鸟是我们

同鸟歌唱

让太阳倾听地球上

生长着的太阳

待飞的鸟

许多待飞的鸟
栖落于你漂泊三十六载的船头
脚步的桨却一直逆流划去

远远地你看见家的炊烟
目光开始飘摇
心底的帆自推开家门时沉下去
惊起的是,系金的翅膀

易经中,卜不到你心的卦象
油盐酱醋茶,调不出你爱的味道

爱好的槌
每次击在对方精神绷紧的鼓上
都没有和鸣
这个过程,是使两颗心
受伤的过程

落鹰

一只鹰从生命的秋天迅疾冲下
空中的天平顿时失去一只砝码

一只鹰来到他演出的边缘
换算空间与时间的距离

一群人围成鹰最后的舞台
聆听一只鹰回忆飞翔

太阳黑色的舌舔舐过生命的光
生命的光将时间罪孽赎回

黑色火焰上那双燃烧的眼睛
望着蓝天望着儿女望着飞翔

永远的爪,抓住一株枯死植物
像再次捕到自己的生命

整个下午,那只鹰蜷缩在

自己的梦里

不闭的眼睛一直遥望天上

秋叶与雁

整个秋天为南去的女子伤心
丈夫有泪含于漫山遍野
秋叶是雁声震落的泪

曾经相约,曾经厮守
我浪漫的山野种植过你温柔的歌声
你婀娜的倩影装饰过我痴情的眼神

冰冷之后的冰冷
燃烧的夏火终将熄灭
我们的爱情开始逃亡

南方给你翅膀以消息
从此你开始流浪,心存向往
有如我秋冬的某些含义

北方给我血脉以饥渴
从此我开始飞翔,从天入地
酷似你捕获的某些姿势

芳草萋萋,各自飘零
你在云中回忆那张发黄的脸
我在风中听你夜夜呻吟

我鼓噪只言片语的信笺
让你捎去捎回。期待
相逢于来年春天

归巢（一）

本该叼串钥匙挂在巢口
给梦中鸟仔醒后一条生路
目光闪烁
我分明看见你心中透着光明

一步一回首，飞翔的迷惘
爱，让目光呆滞
我忽见你眼中闪着泪痕
风在门外，像谁赠予的数把刀子
抑或数把钥匙，期待我经过那门

我心帆上的鸟仔思考逃亡
冲出心巢
一窝梦飞成自己的天空
我留恋我一生的空巢
幻想蛇年
我能否初尝蝉蜕

每次回首

都为那曾经的编织

精心呵护我意志的叶脉

不再被季候风冰凌出空洞

我十五个梦,像串受伤的钥匙

今夜,月亮微恙

否则,逐一开启我的心门

归巢（二）

山野不是我的，云不是
枝丫不是我的，风不是
飞翔不是我的，梦不是
我不是我的，羽不是

云带走山野，风吹落枝丫
梦带走飞翔，羽掩埋我
天空的错误种下白云
我的错误寻找羽翼

巢在梦的那头是精神荒原
打马如飞的鞭是我日夜拉长的影
门关闭，日影剪断
门是每个人生命旅途的两把刀

它们的开合
剪去本就不存在的巢穴
你又能归往何处

她，半月

圆，是场多余的演出。从头开始
走不出禁锢自己的圈套
玫瑰红丢失已久
苍白的脸，像透支岁月的支票

青春名片上印有爱的年轮
如今碎了，另一半飞出潭影
枕着的臂膀像荒唐的梦
留下心的塔尖，吻伤夜的清冷

你分明听到花瓣哭泣的声音
半朵花揪着夜，寄托半个黎明
回放从心原飞失的鹰，醒来
空中的歌再次葬入虚无的云

思念一寸寸缺失，像月儿
在夜空抹去爱的印记
血流出了，变成生命里的黑
爱付出了，化作精神中残缺的明月

鳏居

没有女人的屋子有一支烟做伴
没有女人的男人害怕回家

沙发里埋着谁人听的鼾声
电视与窗风兀目说着情话

月光透过酒心醉意
爱在梦里空空地勃起

镜前的你为谁整理衣冠
心中的结可否在下个黎明获释

锁上门,我匿在被褥里的温暖
等我归来

打开窗,春风与阳光
劫持我的孤独与寒冷

长长的日子,黑夜总与白昼错位

忒多的年节，苦痛尽藏欢乐里面

与谁说，心中那群自由的羔羊
云一样散入牧羊人痴痴的目光

与谁爱，生命中那位多情的女子
编织爱，编织一个男人无尽的追忆

辑六：樱花，今夜失踪

我是我的那颗门牙

我巍然耸立在生命交界处

我是我那颗坚固的门牙

从我七岁那次生命大逃亡

我走上我命运的第一级石阶

童年、少年与青年的合数可以被七整除

七个音符奏响我生命的哆来咪发

时代风数次经过我的门前

每每通知我周身血涌头颅

就在咬碎世界的千丝万缕之后

我从我稚嫩的嘴角长出成熟的笑容

第一次吻是那样不由自主

我立在我唇的后面倾听她发烫的心颤动

从此一个男人变成他的一颗门牙

勇敢地呵护吞下的永恒温馨

月亮阴晴圆缺只能是生活的影像

日日三省我的门牙只能是永远的圆月

上两颗是上帝赠给幸福与快乐的种子

下两颗是埋在苦难岁月河床不瞑的根

幸福与苦难永远对峙每一个日子

在我开合的空间广告牌一样提醒

金银财宝山珍海味酒肉穿肠

我的门牙坐在我骨髓的河床坚固如初

一地鱼鳞

一地鱼鳞

一种美丽换来的另一种美丽

一条鱼,它不知道

生命的结局

带这种美丽色彩

几片几片的形式

让人想起波光粼粼

星星点点,播放夜河的抽泣

而鱼在怨:

该掩埋的未被掩埋

有鱼在的时候

一地鱼鳞是绵延不绝的钟声

在生命这个问题上

给人某些提醒

多少天过去

还见一地鱼鳞在那儿

鸡被鹰叨走的感觉

直涌心头

应该将它们捡起

在孩子的眼里

叠加成一座碑

在成人眼里

不该追忆的生命外衣

雨大时

雨大时
我便矮下来
每矮一截
我的伞就显得更大
雨,溅不湿我的衣角

我一点点将自己扭弯
先低下头,再弯下腰
连腿也半蹲着
我遮着我
甲虫般行走在夏秋之交

街道被颠覆成一条河
我深一脚浅一脚摇晃夏天
此时
我恨不能将自己压扁成一条船
就此漂泊远方

我经常怕雨

怕青春被雨漂白的痛复发

它们攻击我夏天的软肋

知道此时,冷

是我主观的一种期待

受伤的夏季(一)

一只脚趾开始腐烂
在夏季街心
鞋是悲哀而美丽的装饰
这是雨季
容易修改你站立的姿势

走在疼痛中心,每条直线
被你走得弯曲。在这夏季
你受伤了

一切疑惑的目光
没必要自言自语
向他们解释什么?从脚开始
从走出的那步开始
注定你一生的伤痛

受伤的夏季（二）

整个夏季，你被总结得血迹斑斑
你一瘸一拐走下楼去
夜里，没人见你
痛苦地舞蹈

穿过街心，穿过车的目光
穿过突然打开的夜色
他们在暗处，看你
怀揣疤痕，修补街道

你用这种姿势填补人生空白
穿过街心，一个小小诊所
成了你整个夏季的诠释
一位长者从疼痛那边走出
仿佛刚刚为你戴上眼镜

你满怀希望，在这夏季夜晚
你不用脚踏火焰
借这星光，借这长者慧眼
你看清你中年走路的模样

樱花，今夜失踪

让春雷鞭击

任春风抽打

每丝笑容攻陷奔来的春意

索性和春雨一起飘落

被绿掩埋

痛且幸福的身体一点点融化

请不要找寻

樱花，今夜失踪

梦里建座亭子

四周全是花园

梦外修一小道

两旁涂满花香

枕着晨曦，枕着鸟鸣，枕着小桥流水人家

如果月光趁着灯火潜入

我敢肯定

樱花，今夜失踪

每一步意味抗争

希望的食物链

断了

你是只失群的蚂蚁

寻找原路

寻找无肉之骨

明明在群蚁的路上

小心跟从,小心探求

加入搬运一只老死的蝴蝶

你是拔河运动的一员

力的奉献与力的希望

滑向反比

你跌入汗涌的深谷

跌入一段无灯的巷

举目山峰群楼

有月光鼾声

清泉的麻将声

你喊,你男性发作

惊醒的是你的女人

和你的儿子

梦中黎明十分清醒

晨曦

隐去你人生黑夜

一条河横卧于你

三十六岁的折返点

跨过去，跨过一步历史

用来时影子之鞭

狠心地抽打自己

直到只剩自己的骨

在青春的十字路口

用精神的咒语

抚平命运的伤口

世界有许多棋子

黑白对阵

在围着的世界

你每走一步，就意味着抗争

但总被一只巨手所擒

就缚于生活与爱的网

再次举目张望

或许一片帆影在你目光尽头

你滚涌心血支点

撬开人生礁石

撞击迟来的船头

摇起焦渴的双桨

吸吮力量乳源

努力成鸡群之鹤

哪管再次轮回

哪管冰川尽头还是冰川

也在崩塌之午后

留一阵轰响

留几许擦痕

爆破

导火索寻找地壳的温度

寻找钢钎或钻头的温度

输血——火,滴注地球

大地苏醒前十分安谧

山岩生长的耳朵猛然竖起

听石头飞翔的声音

众多的石头鹊起

空中蚂蚁鸟瞰地球

秒杀成生长的树

根,来不及思索

扎在空中,扎成痛苦的云

土地伤口流血

殷红的枫叶飘出

这是刻骨铭心的大地之秋

一块地之肋断裂

一朵花又一朵土地之花

开成花链

成为一条路诞生前的祭典

落叶

太阳烧成的火种
让你在爱的时空自焚
谁敲响对面山上第一遍钟鼓
谁在千年古刹旁种一串箫声
恋爱的飞雁啊
声落心宇，影去纷纷

生命底色上开花的那支春歌
老了吗
我还未赶上，你就独自飘零
你烧了千杯万盏的那个浓啊
我不信你驮不动那么重的红
纤纤之女
爱溢世界，心事重重

风是风相思的火焰
雨是雨苦恋的泪滴
落叶，你是什么
燃烧之前的燃烧

疼痛之中的疼痛

伤痕之后的伤痕

落叶，秋天已老，你在秋后唱什么

落叶，雪满世界，你在雪下唱什么

散放的河流

小河,天生的火焰之血
流淌我痴痴的目光,弯曲
在我心潮涌起的空间
种下你无数洁白的花朵,甜蜜

桀骜的白色之马不识缰绳
温顺的晶莹之羊未见过篱栅
就这样散放在心梦草原
追逐流沙走过的足迹

河流,你自由的歌
淹没了我污浊的庭院
河流,你奔腾的爱
吞噬我腐烂的村庄

散放的小河
让我顺着你的颈项
淌进你起伏的心湖
头破血流

暴雨

天空在挣扎

在死亡之前大口吐血

谁能将正午搅得一片黑暗

我梦中的毒蛇

在云里起舞翩翩

太阳在黑暗背后阳痿

那最后一道光线

被强行扭曲

天和地接吻,惊心动魄

整个世界宣告

有群黑马奔来

许多人走出空房

像迎接死亡

在此时

谁都心甘情愿

被那群黑马踏上

界碑

群鸽,栖落在家园房顶
回忆梦里巢穴
打量灵与肉的界碑
像打开小说扉页
追溯故事原委

不要问作者是谁
剧本在腹中构思,剧情在过程中演绎
神秘段子,堪比传奇
冲突情节,从这绕行
周旋的风揭幕新奇风景

地球很宽,可以容纳很多允许
忠于本能,忠于内心
感谢当初执拗未昙花一现
谁的情感抚慰搁置
让此楼迎接今天晨曦,沐浴风雨

大千百态。鸵鸟潜首沙土

飞蛾扑向灯火

等待一个思想需要时间，需要跨越

需要一栋楼出来献身

道路由此变得宽阔

敬重和景仰

于一座碑上刻满悲壮文字

这世界一切景象，在勃发中孕育

借希望完成

抵达后才能得知

如果没有璀璨阳光，怎显斑斓星辰

如果没有界碑撑起这方天空

楼里的人注定……谁管注定

或许今天，我们还在旁观

埋葬故事的惨烈过程

看见平衡，看见彼此的尊重

不避讳当初的对局

甘愿铸就界碑

公平持有者让利益反思

推动意识车轮环绕与前行

自由和责任携手

权利和义务暖心

蓝天在于看到行走的人和自由的鸟对称

我们在于看到小巧楼宇和世间花草共生

失落的故乡

记忆的大鸟长满羽毛
记忆的头脑,光光
孩提时的沟渠河水清清
我记忆中的山长满羽毛

在梦的山坡放牧牛羊
在牛羊边听书声琅琅
在花草丛中赶走童年
在牛羊背上看同伴的书包飞过身旁

我是你记忆中的牧童
是你作文中的风景
我是你童年的一段故事
让你立志远离那个山村

山,没长耳朵
水,没长眼睛
童年的路啊,没有姓氏
故乡的天空,没有属地

栗子成熟

秋天的笑开始

一个个接连不断地笑

含蓄的、初露的、畅怀的笑

从一棵又一棵栗树头顶开始

山坡的笑、山脊的笑、山顶的笑

一路上升，与太阳的笑遥视

秋天的笑

人与太阳收获后

互致问候的礼仪

谁也不去采摘

我理想的栗园诞生

每一朵笑会心

每一次笑掷地有声

红红的眼泪溢出

在母亲怀里，泪如雨下

太阳与劳动者的喜泪

人与自然结合的胚胎

大山分娩时幸福地阵痛

山雀，松鼠狂欢了

歌唱它，掩埋它

欢乐的样子期待隆冬

栗子掷地的帘为秋天谢幕

有种子将要登场

有生命将不顾一切地降生

丰腴的大山美人啊

在生育之后

美丽动人

烙煳的日子

就在你不经意处,成功的孔雀屏
掀开你不经意的美丽

沉浸其中,幻想于心头抽芽
凭这扇窗,眺望生命中蓝天白云

谁料,一个疤,伤疤
打上少年抹不去的底色

或许再没找到一个更好的栈道
让目标光临一片自己的属地

从此,勇气藏到梦幻的旮旯
辉煌一遍又一遍践踏回忆

追赶每天的太阳,成命运流沙
盘点伤痛,盘点旅途仅有的绿

咀嚼日子,别把日子烙煳
畅饮未来,难道还得烙煳日子

寻找故乡

找疯了,就为寻找故乡
这栋楼住那么多人
每个口音都让我失望

抽屉翻遍了,只有空的信封
一沓空空的
没留藏故乡只言片语

窗外的楼不似故乡的山
高高的,总想遮我遥望的眼睛

走上街头,满街人都帮我寻找
结果,满街都不见故乡踪影

独步陋室,独步镜前的自己:
这个城,只有你,是从故乡来的

夜深了,看着窗外明月
什么都不想了,只想故乡

辑七：空心玻璃

离开

整个下午我的眼眶埋藏着两道伤痕
噙着迷雾噙着生命晨珠不让滑落摔碎

翻遍心窗,翻遍心隅,竟找不到一把
合适的锁,锁住这青春梦想

读着通知接受最后通牒像一个巨大蜜枣
每个时段包裹每个消息枣内藏有尖尖的刀

不愿前行,不愿分离,我这刚与同事们
握起的炙手,就变得冰冷

从今以后我挣扎在离与开的路上
乘坐的公交啊每天仿佛带我走向城市荒原

短短的岁月就这样走上别人搁浅的船
回望处,谁像我一遍遍呵护心灵家园

无缝的门

一块巨石堵住欲说的咽喉

石下生长不出一片绿笋。幻想

疯长的空心节遥望云散的天空

堆垒多年的心堤

呵护燃烧的火焰

今日被时间的裂痕掐死

脚下的土地一段段崩溃

你是只来不及起飞的鸟

整个天空被涌来的泥沙淹没

大地就这样关闭所有的天窗

没什么理由让你打探

是否可以踩上一座年轻的桥

隔在地心对岸

你陷入自己编织的梦里

不能把已拉长的岁月折叠

折叠成一条会说话的鱼

今日，你不必上岸

你身外本就存在

一张等你的网,整个水面

是你一生最安全的门

可终生品尝

在水中飞翔的滋味

丢下金子行走

不必怀念,金子
是你一生种下的毒
层层缠绕,毒火
遍尝死亡时的快感
紧缚其中,像蚕
吐尽一生的辉煌

你在你编织的牢中
做梦。光在那头燃烧
飞蛾的追寻。中途
你死在你追寻的梦中
金子消失

脱掉一件又一件衣服
不论是洗浴还是出浴
埋葬心墙,折叠目光
让时空归还你的原本
丢下金子行走
这就对了

北一环的门面

半年了,没有出租

招租广告急得面色苍白

时间和空间开始面议

预留电话在北一环的风里摇个不停

溜进的耗子十分大胆

看见客人从不搭理

也从未问及主人去向

在它的领地,战争与和平才刚刚开始

一只蜘蛛在网上蜷缩不走

期待的神情显得十分平静

它悟道:众生飞过网眼总要留点什么

一种收获是另一些代价叠加的结局

透过窗能看见满地纸屑

看见丢弃的合同尚未到期

看见主人花一生心血买下自己的面子

就为等到今天紧锁,门上贴张纸

北一环的门面本来是个门面

憧憬目光读着《呼啸山庄》呼啸的云雨

看这荒凉的春天我真想租来装点一番

又担心三月后重新装点，易了桃花主人

秋凉

凌晨醒来,回头觉是种企图

从五点到七点

就像从三十熬到五十

半世纪的向往

心绪在对岸张望

热情跨越的桥,落满雪

走下楼梯

像忘了件事儿

回去讨时

又想不起来

就这么点时间

一杯茶,凉了

不是凉

是走错了季节

你一往情深冲向山

将夏天摔在山脚

提前进入冬季

望见远山，一片白

一个春天

短得像杯茶

就像一生

短得像个春天

从山顶下来

转个弯，又回到秋天

秋凉比茶凉来得慢

由绿到黄

慢得就像一张脸

而茶凉，只需一个眼神

一声不吭

一次破涕抑或假寐

一说秋凉比茶凉来得快

茶凉从春天开始

而秋凉只在一场雨的瞬间

无须记住它的名字

记住每片叶受伤的过程

以及无人知晓的巢穴

守着

年轻时的希望还在延续

还有那么多未了的情

挂在窗前

年复一年地晒不干

收回来给儿女一个个讲述

朝阳挡不住晨雾迷惑

雨中

叹息成一滴滴透明的岁月

她与他三十年的恩爱

被岁月泡成明亮的种子

思念在日复一日地发芽

儿女们远方一封封地迎接

说疯了也不离开这几畦菜地

几株果木,几颗夏夜共枕的星星

锅台还是他砌的那缕炊烟

小径还是他平整的那方软土

这墙的回声,尚留他那声大喝

这辣味的不够,且有他几分埋怨

儿女们今天幸福的山脊越长

她对他思念的山谷越深

平静地祈祷,墓草般

从绿到黄,从黄到绿

就这样一颗心为另一颗心

迎接未来的

每一个春夏秋冬

飞行者

(一)

飞行者身外之物

是一种永恒的感觉

凡人体验不到

这种舒展的快乐

大地母亲之目光

叮咛飞行者的来临与离去

风,悠扬着音乐诗般的浪漫

与壮美

在飞行者的眼前呈现出一片

熔化的蓝天,滴落处

几朵白云是草原上的题眼

扑面而来的诗意令你书写不及

马群,在绿色宣纸上泼墨

同与云奔跑的羊群形成鲜明对比

一闪即逝的图案总在

飞行者手指间溜走

只有宇宙的遐想武装成

飞行者的一身骄傲

天空伟大着
  大地伟大着
    飞行者伟大着
人间的一切苦恼、怨恨、争斗
都是幼儿园里的故事——
一觉醒来又是好朋友
短暂得只有友谊
才能生长
  才能延长
    才能旷远
      才能博大精深
愿地上熙熙蠕动的生灵
都作飞行者的体验

    （二）
不是鹰的一种体验
而是一种体验的鹰
展开翅膀抱住蓝天
  抱住白云
    抱住所有静与动的组合
翅膀下生出的风是可以触摸的
摸一摸世界就变作万花筒般的
春夏秋冬
树以其猛勇势头
在山的烘托下，成为

大地篇章之精华

飞行者在烟的烘托下

以其流畅曲调

写一路慢镜头

黄昏背景由山野支撑

月光朦胧由田园铺就

雏鸡已不再是猎取对象

让成熟之后的雄啼

第一个向飞行者道明

黑暗中有生命存在

正如太阳辐射被埋入

深深的太空

这光长长的,久远久远的

只有想象才能实现它

本来面目

时光与想象画等号的时候

地上的人儿已过了

一个时代,又一个时代

飞行者已不是原来的飞行者

从生到死正说明一个道理

树叶纷纷扬扬地下落

倾听自己落下的声音

 而没注意自己

  已整整走过

   闪光的四季

（三）

海

辽阔成草原的姿势

成山峰的姿势，分界处

一些白云向海底飘去

使人想到龙宫

想到亭台

想到中国式建筑

阳光下蓝宝石般熠熠生辉

河，海草般向山谷延伸

是海洋升起的缕缕炊烟

无数生命的运动

把浪花卷成七色

飞行者终于体会汉语里

"鸟瞰"的真正含义

置身其中如火燃烧干柴

身临其境是一种伟大的埋藏

自高尔基驯养的海燕

问世以后

暴风雨便是海洋的一种风景

海水也就以多种底色

装饰星球的各片领地

低于山的群峦从人们推算的

那年潜入水底

海中一切会游动的生命

组成这山群的村落

它们在相互说明自己时

托起礁石与岛屿

否则,飞行者就飞不上天空

飞出去的云儿,也只有云儿

向往海洋的古远和宏大

当它们思念母亲时

哭成泪

只有,也只有用这种方式

返

    回

        故

           园

(四)

有风的阻碍

也就有飘动的美感

在魂归几种祭撒之后

是大脑沉睡万年后的清醒

每一瞬间

就有一个创造跳出

和无数个日日夜夜对应成

无数个透明的晶体

闪光是男人骨骼撞击石头的火花

在原始森林里埋下

生出一个崭新的世界

爱心永恒

燃烧龙的宣言

世界此时焦渴无声

尽情地吸吮

怕疏漏每一个细节

飞行者轻盈如斯

令牙牙学语的枝干仰慕

去触摸父辈飞行过的天空

群山连首

呼喊着久晴的空旷与和鸣

声音如草

    如峰

      如浪

向飞行过的天空荡漾

美好的回忆荡漾

 如诗的历程荡漾

  永久和飞行者荡漾

   飞行者和永久荡漾

荡漾

 荡漾

空心玻璃

时间是块巨大的空心玻璃

隔着昨天

你看见前天的你

十分清楚

睡觉的鼾声没能将玻璃震碎

声音在那头爬行

十分笨拙

一个空心刀子将你的头发

绞乱。记忆蓬松

露出晶莹的梦

隔着前天

你看见往昔的你十分朦胧

一张发黄的照片

在那巨大的玻璃下压着

自己不认识自己的笑

幻想迂腐而可爱

隔着巨大的空心世界

你的影子

被一千把冰刀刈破

疼痛的血周身循环

像背负一千条受伤的河流

走过这模糊而易碎的

春夏秋冬

雪中母亲

下雪了。纷飞的雪花
比翼母亲的肩膀,伫立雪中
堆积的谷子,放进温暖仓房

下雪了。浑然的雪花
有母亲的双眼,注视我
丢在春天的双手,可曾带着

下雪了。缠绕的雪花
是母亲的牵挂
风中的花开在风中
一万个我在雪中长大

下雪了。无声的雪花
掩不住母亲的思念,洁白厚实
母亲凝结一生而又易碎的思念

下雪了。鸟在枝头,雪在树头
儿在母亲的心头

冬天的雪啊

是母亲温暖而又厚实的思念

从眼前,一直连到家乡的山头

母亲埋在,风雪中的村头

落心

姐，你的心一开始就系上他内腐的枝丫
那长满的青藤是用来迷惑你蒙尘的眼睛
你把心剖成花瓣装点他那金玉外套
在败絮潮湿的空气里含笑一十八春

姐，那有毒的叶脉麻醉你天真的爱恋
从此你丢失青春丢失梦中花园
孩子是你梦的唯一结晶你的归宿
孩子是他初始的欺骗婚姻的敷衍物

姐，你说家是世上最远的地方最深的井
你日夜兼程总走不出那座荒凉的空城
你说爱是人间最长的悲剧最苦的酒
他演丈夫你演妻子差点游戏一生

姐，心一旦下落像片燃烧千年的枯叶
追溯心路追溯沅年企图找回逝去的天空
你所有的日子都寄给你打了结的心蝶吗
苦果落下竟找不到一个埋葬它的坟墓

姐，谁听你整日凄凄哀哀墓草疯长的声音

一个人怎能一辈子在自己错误的坟前长跪不起

春天未老日子未黄你还固守那已冷的诺言吗

走出梦境唤醒自己将未化的心骨捡回重新整理

哀堂弟之死

堂弟,你是被你的秋天盯住的

哪来的秋风

一夜间将你杀光

意志的综合反馈成一把把刀子

一波接一波地指向

你成血红色的菊花

悲壮不是用文字编成咬紧的舌头

你一身的本事都在秋天的刀下

写成诗篇

街道是一条迷宫的开始

我们孩提时代学唱的第一首歌谣

这是最后的斗争

团结起来

你是星光下盛开的菊花

你走的前一刻

你想剁下你的一只脚呈给上苍

你说你的生命注定是一个瘸子

一条腿在二十七年里无形地流血

谁叫它在今夜验证

幻想是只受伤的工蜂

蜂友们今夜四处飞散

另一世界来临,你说你先行一步

你注定是你命运的首领

今夜在你地狱的门口恋爱

世界太美好

也得脱去外衣

将昔日栉风沐雨的日子

反复推敲

铸成今夜街头的一尊哑钟

讣告（一）

你走了，目光站着像墙
张贴你一生的缩写

抑或一封信
轻轻敲击叩拜者的思念

血凝固你八十年的沧桑
如今不再经受风雨

儿孙成群地走出讣告
护送你紧闭的爱

地球不再自转
注目你最后的火焰

这世界什么都可留下
唯独光逃逸得很远，很远

讣告（二）

时间是根通天的杆
目光与月光对折

迷路不要在十字街心
傻傻的雨顺着失声的方向流

一排陈述，在自己修好的房檐下
钉紧

看不见伤口的痛
自血脉的源开始流

若干年倒流对应故事情节
青春的脸是一方肃静的海

称呼紧握在两代人手中
从窗口飞出的叮嘱一样温暖

梦在叶面上打滑
长吻停在后院推理的风中

玻璃下的照片

时间的剪刀锋利无比

藏于空心墙内的你

躲不过时空的一次闪电

你甘愿生前葬下笑容

面具的脸被岁月压扁

填补目光的空

照片从诞生时就是遗像

你瞻仰或别人瞻仰

你，都离它而去

记忆一天天发黄

十几年前的你

于你对称的位置上

看着有你和无你的椅子

傻笑

照片走不出玻璃

桌子走不出房子

房子走不出楼

你一生走不出一次回眸

若干年后,你从玻璃下爬起

在有星光的房间

来回走动

有你照片的房子

空着

撕去谎言（一）

暗淡雾霭飞在头顶，乌鸦一片
巨大翅膀遏制攀缘的目光，对折
一千次啄他思想里那根青藤
回过头只能缠绕自己更深更痛的根

怒火似血，飞箭直穿它的咽喉
一个混浊世界被他带上的三个轮子碾碎
它，气息奄奄
指望斜伸的单翅抓住谁的手

太阳风暴将眼前清洗一遍
它躲在一棵树下乞求最后的眼神
一只乌鸦丑陋得像阶下跪拜的妖婆
那汉子头也不回地从它面前走过

撕去谎言（二）

后一寸向前一寸进发留下伤痛

乌鸦坐在夕阳的草尖上期待晨珠

夜晚像谁缝制的黑色圈套

几盏灯火修补无法挽回的缺口

你们走了，他们进来

一茬茬，感受帐内青春

温暖在夜里留下刻骨爱情

声音在夜里留下千年谎言

小草惊呼小虫的梦魇

无人在无处听懂

晨曦落在树杈间倾听夜的脚步

整个夜晚不经意被谁摆平

顶住夜的额头仍存心跳

踩在夜的脚下是已死的遗憾

夜的沉重因为埋葬得太深太厚

无须寻求，只要你醒着走向黎明

辑八：梦醒的山野

石阶

铁门发出巨大的关闭声
像把谁紧锁在里面
抑或将谁推下石阶
一个人就这样从一个高处
滚落
石阶成为救星的唯一

在那巨大的声浪背后
一个人的历史被石阶读成书
一页翻作一步
设计楼道的人不知
当初设计出这么多退路

石阶横卧于登天的桥上
一个人不能沿它的肩
走到尽头,天在哪
石阶本来就是供人上下的
谁能死在天上

永远的"和平号"

眼泪是失去的判断

梦是巢的判断

光是火的判断

十五年的判断,星空一滴泪

火是光的一滴泪

巢是梦的一滴泪

失去是眼泪的一滴泪

讲故事的人老了

一百三十四个故事里的人老了

千百回的同心圆老了

老故事以光速回家

不想说穿什么。就

 一切都说穿了

不想变成什么。就

 一切都变化了

空气在空气中互相碰撞

时间在时间里发出轰鸣

谁写的——重重一笔

一十五年,小小顽童

一开始学画圆,最后一笔写意

从那高高的滑滑梯

赤条条坠落,十分光荣

十分圆满

永远的"和平号"

(注:满载人类探索太空光荣与梦想的"和平号"空间站,于2001年3月23日坠落在南太平洋。"和平号"在太空服役15年,12个国家134名宇航员造访过。)

田

我父母心原上那片开阔地

我生命血脉里那片开阔地

啊,故乡的田园

我梦魂萦绕的地方

我生活的全部内涵

祖辈日夜呵护的摇篮

我血源始终沸腾的井

燃烧我差点读漏的诗句

——田,我不得不将你分开来写

一片片的绿,让后人通过我

读懂你——田、粮食、牛、人

弯腰种下太阳的地方——田

出生入死,永远远离,永远牵挂

又永远怀念,永远依偎的地方

——田,每次走近你的视野

都有种痛从父亲粗大的手

传递给我

——田,每次走出你的视线

都有些泪从母亲沧桑的面颊

流进我的心田

生我养我的田野啊

我日夜驰骋

没能走出你深邃的目光

层峦叠嶂的田野啊

我毕生翻越

就为仰望你高高的丰碑

四月

你若在四月的最后一天
亲近四月,那就迟了

四月的杏青涩
但樱桃已红

你差点用四月的柳枝
将一场爱情遮挡成错位

趁四月还剩几天相思的日子
让山野诗行里呈现一段千年约定

爱墒溢满的土地不用浇灌
把一粒种子埋进两个人的期待

太阳一出,远方大片麦子
在燕子轻声细语的呢喃里受孕

而布谷鸟哀鸣

一个说春风浩荡,一个说春雨煞人

要让它们沿乡音归来的时候
以一场谷雨解开千日愁怨

回家的时候

回家的时候,路

是荫庇的树

每只鸟,从它的枝头出发

车轮带回翻滚的心跳

沿着主干,我们片片飘落

回归羽毛生长的地方

回家的时候,人

是顺风的船

每叶帆,从她的胸间扬起

风樯撑亮炽热的目光

溯流而上。我们

搜寻理想成长的港湾

回家的时候,家

是异国的梦

一百年漂泊,梦总在那头招手

今日返回故里,看见

竹筐、母亲和矮矮的小屋

石磨、父亲和袅袅的炊烟

守望

汗与泪

裹挟泥土芬芳

和白云下安详的麦子

自希望的田野,倾泻

麦,以站立方式

宣布涅槃

所有韧性,浴火中

迎千万次拷打

原野忙碌的爹娘

多像熟透的麦子

一头遥望远方

一头牵依故里

从冬走来

听命五月惊雷

一望无际的渴望

将汗水与幸福镀亮银光闪闪的镰

灯笼千年眷顾檐下

燕子万年堆垒温暖

采点野生,打包吉祥

不知城里儿女

是否嫌收到的快递太重

踩着前人肩膀

领悟锄麦鼻息

可见田头的牛和伫立的父母

年复一年地

守望……

梦醒的山野

我知道,你会按时醒来

有梦的夜晚

邂逅于一场春雨

无须誓盟的爱情

纯粹得火一样烧遍山野

两小无猜的日子

风涛诉说的季节

雄鹰盘旋的经年

收藏懵懂,收藏回眸

也收藏了两个人的相思

解压时光,知你内心流淌一江春水

你用一首山歌

点缀我青涩的四季

我捧一束火焰

倾听你的心跳撞击我的灵魂

今晨,我的目光

沿撒满情话的小道着陆

流连于当年揉碎一枝红的那个悬崖

努力把自己的谎言

粉饰起来

山村新嫁娘

泪别父母,回眸山村
一缕看惯的炊烟割去你与山野的脐带
二十余年这山这水
哺育你成山村新嫁娘

今天,你是簇拥者中的太阳花
一村人被你的芬芳照耀
一条河,今天流出刚生长的内心美好
一座山,今天落满熟透的歌谣

盖头的太阳红
山野埋下的千年火种
潭水深藏的笑
有情人冬天种下的春风

村头垂柳,为你生长的帘
今天遮住了我的目光
村口喜鹊,几天来为你梳理打扮
今日祝福:一路平安

美丽的洞

一件衣服,一个洞
太阳与风进去
你的心向外张望

一个洞。圆圆的,很美
谁说是新衣伤疤
妹妹,不要哭

洞,生在时间开始
是命运伸出的一只手
抓住你,疼爱的眼睛

你思想的皮肤开个窗
冷吗?妹妹
我分明看见你迎接风雨

天在你围着的世界放把火
你满身是网,妹妹
渴望的眼神从每个网眼伸出手

妹妹,什么时候
从那网中走出
太阳和我,看着你露出笑容

韭菜

春寒里一点点变绿

守望和欲望一点点变绿

锄头和刀的思想更加统一

只一种顾念从山顶倾泻谷底

干脆,超越春之想象

整个身心在寂寞章节发芽

等待就义的孩子抑或笼中乳鸽

尚未展翅的死

春天里出逃的童话沿一个方向奔走

哪惧刀剑期待及晨霜冰凌

储藏一冬的爱

被憧憬激活

纯粹心枝

甘让风雨和刀俎一再梳理

叨念眼前收成

酒席祝词中颂扬

韭,绿色的殇,一遍遍赴死

森林迎接火焰

每次被宰后看见春光

不谙生死

一排排伤痛

飞翔，风里倾诉温暖骗局

春，掠夺黑土秘籍

鞭影，催人奋进的春光

一万次割下头颅让其成长

血，从根部流出

咏怀春之情怀

千年宿命，浓绿

火塘

一故事诞生时拉长一段日子
一少小成长时围住一个老人
这时请记住,中间
往往有个火塘,在深山,在冬季

从土里刨出太阳
十分自信。连余温也能
孵出山里人对春天的渴望

无须大山表白什么
赠予一个火塘,够了
所有亲情与爱恋
都可随一池火点燃,一缕烟寄向远方

百岁老人与百年树根端坐我记忆深处
眼睛与心灵对话,希望与怀想通明
我看见,火塘边打盹的老人
多像一个燃烧的根

平躺的梯子

梯子,躺着
仿佛一个个山口等待风
一条河等待落差
天空等待飞鸟
人等待归途

在攀缘中
骨骼用伸展的形式
逃出肉的寒冷
在生长中
我们以装潢的形式
填补空白
直到最后一层
或许还狠狠地喘着粗气

透过层层窗口
你是否读懂地、墙壁或白云
前一脚生长十分平稳
后一脚开始踏空

每一级，踩落时空朽木

在死亡中，腐烂生长得十分茂盛
有谁因死亡中的物体而相信
它的存在？比如梯子
平躺着，在墙一隅

长长的梯子，在墙一隅
是许多人走过后的桥

冬寂

冬天在城市容易想起乡野
想起乡野落幕的季节
季节枝头隐藏的爱
谁在帘后碰响杯盏
花、果实,和我的妹妹
小心采摘

冬天在城市容易想起乡野
想起乡野走失的牛
牛在田头静思
一泓清水,几回鞭影
奋蹄、低头,和我的父亲
插秧时弯腰的姿态

冬天在城市容易想起乡野
想起乡野飞扬的瑞雪
瑞雪中有母亲温暖的手
一万朵花开在怀中,幸福花朵
走过母亲的寂寞世界

一米阳光

室太小,一步走近太阳
室太大,从客厅来到阳台需半生
而卧室与厨房格外辽阔
承载紧缚日子的山山水水
毒,是一部没完没了的电视剧
剧情发展,出乎所有意料
算来三春
美好疆域被浸染得一片残绿

天蓝得心碎,春光如此浓烈
你不得不走上阳台
薅一把晨曦抑或月光
放在时空零点,期待发芽
待室内久了,像一忘记啼鸣的鸟仔
春风怂恿,悄悄潜入楼下
揽一株樱入怀
馨芬敞开内心久违的潮汐

这小区不小

从春到夏,总是走不出它的领地
太阳出来时
焖烂的心绪无处安放
毒,有如情人双眼
从瞳仁走进内心就在一念之间
你得默默守住本分
还她一米阳光

风慢慢

把翅膀折断

弯曲的骨撑起蓝天的梦

守在折翅旁边

呵护羽和折翅时那最后一声脆亮

慢慢走近风,不为别的

只为慢慢地洞悉

可怜的人,不为别的

只为慢慢地理顺

慢慢地远离,不为别的

只为生命中那次相遇

抖搂心结

这是个不期的美丽

对于风,如诉是个错误

对于错,如泣是个结局

对于结局,风中的歌谣

是个凄美的开始

今天看来，风只是一种工具

用来诉说一段历史的小小工具

旷野，谁将风

疯狂摁进蓝色的盒子

于是

许多故事放在一起抽泣

风中，你永远是第一听众

谁伤害正襟危坐的听众，真是悲剧

没有任何思想像空中飘荡的云

反复擦亮心路上闪电雷鸣

如今散了

被西去的风碾得粉碎

思想,以春的方式生长

思想,在角落
在停靠一冬的岸
谁能驻守那份情怀
密码,不经意泄密

小小憧憬
以遥望的心情渴望
一阵轻轻的风
似水、似阳光抚慰

总把自己锁得太久
锁了梦
内心的火,在深处
似粒种子,珍藏

思想本来就是绿的
只要你和盘托出心扉
你目标的藤蔓
定以春的方式生长……

跋

人生之旅，可用诗独白

今年的早春时节，经人介绍，我与尹德润先生相识。尹先生发来两百多首诗歌，希望能够结集出版。我了解到，尹先生虽然从事金融保险业，但一直心怀年少时的梦想，读书不息，笔耕不辍，创作了近千首现代诗歌。他的这种持之以恒的精神和追逐梦想的勇气，令我深为感佩。他的诗以宣泄心灵为宗旨，追求隐约含蓄，富有灵气和新意，主要探求了人生中最不可捉摸的两性关系和最不可或缺的奋斗精神。看完全稿，我建议他去粗存精，按照主题进行分类，最后保留了一百多首。鉴于这部集子所选的诗大都为朦胧诗，或假物咏志，或借景抒怀，我建议他将这部集子的内容大体介绍一下，以便读者更好地明白其中的寓意。以下便是尹先生对这本集子的概述：

人生中的许多美，往往是在遗憾中发现；也有许多情，是在错过后才珍惜。情窦初开时节，异性之间的一种常态交往可能带来爱的萌发，一段交流又往往导致爱情列车的背道而驰，越离越远。这些，让人爱并孤独着。性，是一个人的孤独；爱，是两个人的孤独；而情，往往是一生的孤独。人生之旅，可用诗表达。

"辑一"就诞生在情窦初开时节。"她，端坐在帘的后面／目光，太阳般于柳枝间滑落／火在帘后燃烧／你被她击中，一无所知"（《春天，在帘的后面》），人生的春天就这样含羞地来临。而那时的我，只是一棵不会回应的哑木，"你什么时候走进我的枝杈/在我单薄的思想里/筑巢//你拼命地摇我尚未成熟的心枝/阵阵下落的是我不懂的爱/让你片片伤心"（《我是一棵树》）。女孩等了六年，没有结果，直到"若干年后/雪如月光的晚上/我想起遥远的雪/像束冰冷的箭/直穿我的胸口/那份铺天盖地的孤独/落在我目光深处/永世难消"（《遥远的雪》）。这种等待让人在成长中彻悟情与缘，让人震颤，让人孤独，让人刻骨铭心。

后来我遇到心仪的女孩，为她日思搜肠刮肚，夜寐辗转反侧。"辑二"《等雪》中坦言"期待和向往是对孪生兄弟/卸空的船装满盟誓，喷涌内心彩焰/你不能辜负青春致礼/快让心语变成一场/风吻花碎的雪"。我不知如果表达真心，只能让心跳在看见心仪的女孩时狠狠地捶打自己。我反复拷问自己"如何让一朵雪住进内心"（《一朵雪》）。爱，仅有勇气是不够的，"爱是个巨大的空洞/需炽烈的火苗填补/火，灵与肉死亡时的宣言/太阳血在时间隧道穿行"（《火柴》）。

追求是真的，没有结局的追求也是真的，在这真切的爱中，只留下伤痛。我主动追求的那个女孩离我而去，我伤心不已。爱就是这么奇妙，这么让人心碎！《流血的日子》有真切的记录："你候鸟一样掠过我的天空/掠过本该栖落的那片树林/淡淡的春风/灼伤少年的眼睛/一个呆痴的人不流泪/流血。天阴时/每每似雨滴落/直到今日。"

那爱是真的，没有一丝一毫自欺欺人。因为爱忠于内心，忠于初始，忠于过程，也忠于结局，此时爱过的人特别安静，而她依然是我心中那轮静谧的明月。《安静的芦苇》写道："是不是沐浴月光的缘故/芦，在湖畔楚楚动人/与湖岸的我对视/她身披月光/是我眼里千年不变的火焰。"回忆往往在梦里登陆,这梦的幻化让人刻骨铭心,"我愈走近,她愈远离/我近得可以和她拥抱/而芦苇消失在我目光深处/成我今生/似是而非的梦"(《安静的芦苇》)。

爱的春天,乍暖还寒。爱从头开始,依然不迟,因为心中有爱,什么时候都可重拾爱的火把,照亮人生之旅。"辑三"记录了爱情的来临与甜美。《春,被锁得太久》记录道:"春/被锁得太久/打开它/打开里面的梦//吟一泓清泉/咏几枝桃红/让久藏的梦开花/阐述心迹//心迹点点压枝/胭脂红,染眉心/暗香倦藏月间/一朝袅娜谁惜春//不急于伸手/不打扰梅花心事/先好好欣赏/欣赏梅/打开春的勇气。"随着年龄增长,爱需要更多的理智与栽培。

人生一旦有爱,不因年龄老少,依然有甜美相伴。《甜》记录了竹林边的携手与浪漫:"一个人伫立成一道风景/摆个姿势,流年留香/光阴在竹林里发甜/花醒来,梦帘掀开舞台/那些记忆深处的陶醉/需细嚼慢咽//晨曦拉长憧憬/脑海放映青春/泪水转过脸去/欢笑伴着幸福滋长/时光的驹,从朝霞荆棘里奔来/披着道道血鬓//落英小道/一种甜美被另一种甜美俘获/沐浴花香,锁定姹紫/春情徐徐展开,萌动妩媚/芬芳来不及品味/逆袭你,醉得那样深刻。"

爱情是甜蜜的,即使人在两地。《背负情丝》里写道:"一千夜情话,成结/爱一层层包裹/盛几两清辉,盛几许爱恋/今夜,由我独守/你的指纹散出八月桂馨/你的目光吐露玉兔清寒//我在千里之外等你/等你的心跳,发蓝/夜,为什么裸游/因为你的罗帐刚被我的梦呓掀翻/夜,为什么多彩/因为你的红唇印满我痴痴的笑魇//今夜，我在月光旁伫立/背负情丝，背负轻轻释怀/今生，我在你目光里长大/男儿柔情，挂满缕缕期待。"

今生的爱需要呵护，即使双方滋生点小矛盾，男人也要主动走进女人，走进幸福的车道，"今晨我鼓足勇气穿越/谁知，向往和未来追尾/爱情的车不能掉头/下车，查看，检修，再启程/我，连同方向/埋进她一生一世的温暖"（《穿越雾霾》）。

青春不仅仅需要爱情，更需要奋斗、工作和事业。一个具有独立人格的人，需要果敢和方向，需要忍辱负重、卧薪尝胆，需要在一次次跌倒后重新爬起，这为方向的努力或许就是走向成功的桥。"辑四"《方向》中感慨："方向喜欢尾随/是很恐怖的动物/有时，你必须把自己撕成碎片/用腥膻，用血，乃至用生命/去迎接它东南西北的目光。"其实，方向是自己定的，你越坚持，它越紧跟，"你躲不过方向的折磨/就心甘情愿地死在拥有方向的春天"（《方向》）。

36岁那年，我离开乡镇网点，来到地市城区工作，在《燃烧》里记录下当时的心境："一个男人没有誓言地离开/离开曾经梦的尾部/走向不再是梦的开始/他把所有的铮骨和受伤的血中之火/带向那个城市。"

生命赋予一个男人的使命，其实就是责任和担当，再苦再累，男人也要砥砺前行。人是渺小的，是附着在命运之河的一芥草木，在这跌跌撞撞、起起伏伏的漂流中，男人须有挣脱和挑战的精神，但不放荡不羁和离经叛道，正如《水对河床的独白》"我是水/就睡在你的怀里//已过去千年万年/我总是走不出你胸间//我每争取一次/都伤痕累累//我便只能/将自己一再理顺"。

一个人在城郊网点工作，单位七楼一处狭小的陋室便是我的栖身之所。那时我白天近看郊区稻浪,夜晚遥望家乡明月。"辑五"收录的组诗《无人知的鸟巢》(共 17 首中的 8 首)便是独处陋室时的心理宣泄:"怎样想,怎样做/一种过程折磨一生的乞求/还是一生的乞求折磨一种过程"(之六),"一生在追求的过程中远离自己/用自己不存在的羽毛编织网/囚禁自己/飞出成一种后悔/回来再囚禁自己"(之七),"鸟一生都在反馈它飞翔的信息/……每次掀开皮肉做成前进的旗"(之八)。

43 岁那年,我以"买断"的方式离开银行,追随一位领导为筹建某保险公司地市机构做些力所能及的事情。这是一种挑战,毕竟离开的是四大国有商业银行之一的银行,而加盟的是一家上无片瓦下无寸土的待筹建机构,一时间我有些茫然,有些后悔。"辑六"里《受伤的夏季》(一)真切地记录道:"走在疼痛中心,每条直线/被你走得弯曲。在这夏季/你受伤了//一切疑惑的目光/没必要自言自语/向他们解释什么?从脚开始/从走出的那步开始/注定你一生的伤痛。"是的,已过人生"夏季"的我搞这种折腾在旁人看来是有些违背传统的。

希望是挑战的开始,挑战是希望的结局,而这种结局会让成功和失败各占百分之五十的几率。我决心沿新的道路走下去:"你满怀希望,在这夏季夜晚/你不用脚踏火焰/借这星光,借这长者慧眼/你看清你中年走路的模样。"[《受伤的夏季》(二)]

这种诗情或许就是那多瓣且易碎的樱花,甘愿埋在春天里。"辑六"《樱花,今夜失踪》里写道:"让春雷鞭击/任春风抽打/每丝笑容攻陷奔来的春意/索性和春雨一起飘落/被绿掩埋/痛且幸福的身体一点点融化/请不要找寻/樱花,今夜失踪。"自此,在新的道路上我义无反顾。

接受现实，面对现实，学会将理想和务实同时擎起，这往往就是自带的"保护伞"，有了它你会为自己遮风挡雨。《雨大时》悟道："雨大时/我便矮下来/每矮一截/我的伞就显得更大/雨，溅不湿我的衣角//我一点点将自己扭弯/先低下头，再弯下腰/连腿也半蹲着/我遮着我/甲虫般行走在夏秋之交//街道被颠覆成一条河/我深一脚浅一脚摇晃夏天/此时/我恨不能将自己压扁成一条船/就此漂泊远方。"

人不能老沉湎于过去，应时刻警示自己"走不出"也得走出自我。我在"辑七"《玻璃下的照片》里提示自己："照片走不出玻璃/桌子走不出房子/房子走不出楼/你一生走不出一次回眸。"

17年的保险工作生涯，让我从浮躁变得沉静，从好高骛远变得立足现实。个人业余爱好始终埋在内心深处，我偶尔写些习作，让同事们知道任何行业都有诗和远方。但我诗写得少了，而是将写作长处用在工作上，一晃就是十几年，直到退休。

40年职业生涯，有时像云，被风吹成各种形状；有时像梦，充斥着各种新奇幻想。人这一生一次次面对新的环境，一次次扎根新的土壤，冒出新茎、新枝、新叶，又一次次被命运收割。"辑八"《韭菜》中写道："春寒里一点点变绿/守望和欲望一点点变绿/锄头和刀的思想更加统一/只一种顾念从山顶倾泻谷底/干脆，超越春之想象/整个身心在寂寞章节发芽。"我用诗鼓励自己不要因为"被宰"而沉沦，通过挑战与努力，将挫折当成一次涅槃重生的机会，一定能在"赴死"之后冒出新枝："韭，绿色的殇，一遍遍赴死/森林迎接火焰/每次被宰后看见春光/不谙生死/一排排伤痛/飞翔，风里倾诉温暖骗局/春，掠夺黑土秘籍/鞭影，催人奋进的春光/一万次割下头颅让其成长。"（《韭菜》）

时光易碎，岁月可嚼。从金寨调往六安再调往省会合肥，我这半生像水一样总在往东流淌。如今我退休了，还是要落叶归根回到老家金寨，因为大别山的养育之情时常在我内心深处泛出涟漪。"辑四"《掉头向西》写道："我听见内心的马蹄与嘶鸣/每一声/带着风雨，带着霜雪/带着年齿季痕//如临崖际，掉头向西/回看未冷的征程与硝烟/哪堪逍遥缺阵/景与绘，痛与悔/梦中呓语泄密//人生第五季，掉头向西/扒开晨曦/听听故园山脊那边久违的鸟语/披一身夕阳/看看富庶镀金的大地。"《家乡》吐露真言："游子啊/家乡父老倾力弹出的铁饼/哪怕飞到天涯海角/回掷时，总有片受伤的绿/和深深的痛//老来/家乡是记忆中金黄的油菜地/总撩动这只疲惫的工蜂/千百回/爬不出梦里花香。"因为，在老家，和养育的故土更近，和诗更近。

俗语言："人如其诗，诗见其人。"百余首诗作读毕，我仿佛看到了诗人眼中闪烁着的人性的光芒，听到了他心底深处的热血呐喊，触摸到了他绘出的那一片片冰清玉洁的雪花。我想，"雪"于诗人而言，象征着爱情的纯粹与自由，象征着奋斗的勇气与不屈，象征着落叶归根的必然与期盼。"人生之旅，可用诗独白"，可以说这本诗集记录了诗人四十余载的情感之路与奋斗之路，浓缩了他大半辈子的人生哲学。如今落叶归根，在满是花香鸟语的故园，诗人定能作出更多富有深意的诗篇。

芳子

2023 年 11 月